RUBEM
FONSECA

O CASO MOREL

1973

AGIR

O CASO MOREL

Rubem Fonseca

Coordenação da edição
Sérgio Augusto

Revisão
Claudia Moreira e Cristiane Pacanowski

Capa
Retina 78

Texto estabelecido segundo o Acordo Ortográfico da Língua Portuguesa de 1990, em vigor no Brasil desde 2009.

CIP-BRASIL. CATALOGAÇÃO NA FONTE
SINDICATO NACIONAL DOS EDITORES DE LIVROS, RJ.

F747c
3.ed.
Fonseca, Rubem, 1925-
O caso Morel / Rubem Fonseca. - 6.ed. - Rio de Janeiro: Agir, 2010.

ISBN 978-85-220-1120-9

1. Romance brasileiro. I. Título.

10-1626 CDD 869.93
CDU 821.134.3(81)-3

AGIR EDITORA LTDA. – uma empresa Ediouro Publicações
Rua Nova Jerusalém, 345 – CEP 21042-235 – Bonsucesso – Rio de Janeiro – RJ
tel.: (21) 3882-8200 fax: 3882-8212/8313

1

Matos e Vilela se encontram na porta da penitenciária. Sozinho Vilela teria dificuldade para entrar, mas com Matos as portas são abertas. Chegam à cela de Morel.

Cubículo pequeno. Cama estreita com cobertor cinzento. Mesa cheia de livros; rádio portátil; pia; latrina; mais livros empilhados no chão.

Morel é um homem magro, pálido, cabelos escuros, grisalhos nas têmporas. Rugas fundas cortam seu rosto. Veste uma camisa branca e calça cinza, amassadas. Possivelmente dorme com aquela roupa.

"Tenho dois dos seus livros aqui."

Procura os livros, acha apenas um deles. "O outro sumiu. Você não quer sentar?" Morel indica a Vilela a única cadeira da cela.

"Vou deixar vocês sozinhos. Tenho ainda muita coisa para fazer", diz Matos.

"Obrigado." Morel aperta a mão de Matos.

"Vocês vão se dar bem. Quando quiser sair, bate na porta e manda chamar o inspetor Rangel."

Matos sai.

"Nem sei como começar", diz Morel. "O Rei disse para Alice 'começa no princípio, depois continua, chega ao fim e para'. Mas onde é o princípio?"

Vilela: "Você também pode começar do fim e terminar no princípio, ou no meio".

"Preciso da sua ajuda."

"Diga como."

"Eu preciso escrever um livro. Matos não lhe falou?"

"Disse que você queria falar com um escritor."

"Quero ajuda para escrever um livro."

"Quanto menos ajuda dos outros, melhor."

Morel reflete por instantes.

"Estou muito arrasado."

"É assim mesmo que se escreve."

"Eu quero ter certeza de que vou ser publicado."

"Essa certeza você não pode ter."

Morel sentado na cama. Deita lentamente, com os braços cruzados sobre os olhos. Vilela pega um livro sobre a mesa. *Visão e invenção.*

"Adianta escrever, se ninguém vai ler?"

"Adianta, sempre."

"Passo as noites sonhando com a minha carreira literária", a ironia na voz é forçada. "Você quer um biscoito?"

Uma lata de biscoitos debaixo da cama.

Comem biscoitos.

"Onde você arranjou esse monte de livros?"

"São meus."

"Quem traz?"

"O doutor Matos. Dei a ele a chave da minha casa. Eu peço os livros, ele vai na minha estante e apanha. Às vezes ele me compra um livro, mas o gosto dele não combina muito com o meu."

"Você já escreveu alguma coisa?", pergunta Vilela.

2

AVERTISSEMENT

Ce livre n'est pas fait pour les enfants, ni même pour les jeunes gens, encore moins pour les jeunes filles. Il s'adresse exclusivement aux gens mariés, aux pères et mères de famille, aux personnes sérieuses et mûres qui se préoccupent des questions sociales et cherchent à enrayer le mouvement de décadence qui nous entraîne aux abîmes.

Son but n'est pas d'amuser, mais d'instruire et de moraliser.

Dr. Surbled, 1913.

Qualquer semelhança com pessoas vivas ou mortas é mera coincidência.

Lembro-me de que quando entrei no cabaré, em São Paulo, a velha Doroteia foi logo pedindo que eu tocasse guitarra para ela. Infelizmente não era possível, eu não sabia tocar o instrumento.

Em Belo Horizonte o céu era limpo. Eu saía com os bolsos cheios de tangerinas e andava pelas ruas tentando chutar todos os caroços. Em BH eu não era músico.

"Vi logo pela sua cara que você era um homem do mar", disse Marlene Lima, que passou a vida tentando ser artista de cinema e agora era uma trintona jogada fora. Estávamos na Zona. Eu descrevia para Marlene as minhas aventuras pelos países da Ásia.

No Rio voltei à minha impostura de músico de orquestra. O porteiro do hotel me olhava respeitoso, ele queria ser músico, tentava o sax, o trombone, mas era fraco do peito.

Boîtes da cidade.

"Posso oferecer-lhe uma bebida?"

"Quem é você? Um industrial rico ou um vagabundo?"

"Industrial rico."

"De onde?"

"São Paulo."

"Ah, São Paulo... É longe de Porto Alegre?"

Ela tinha um sotaque de gringa europeia. Grande, loura, olhos azuis. Havia conhecido um sujeito em Porto Alegre.

"Você conhece ele? Carlos Rocha?"

"Não."

Segurou no meu pau, perguntou: "Quer que eu lhe faça feliz?"

Queria me fazer feliz ali no cantinho do bar. Rápido e sem dor.

"Aqui não, vamos para outro lugar", eu disse.

"As pessoas pagam duzentos para ficar comigo."

"Está bem."

"Mas só se você tiver camisinha."

Saí e fui à farmácia.

Voltei para onde ela estava. Mostrei o pacotinho.

Eram três horas da manhã.

Saímos para pegar um táxi.

"Ilha do Governador."

O motorista não queria ir. Violento bate-boca entre nós. Eu e a mulher vencemos.

Uma pobre casa, incrivelmente quente. Dezembro. As paredes cheias de fotografias. Ela aos seis anos, aos sete. Aos quinze, aos dezoito. Sempre só. Nem pai, nem mãe. Só. Nem amigos.

"Você sabe, nós os trapezistas temos os pés muito afiados", ela disse. Foi então que eu soube que ela tinha sido trapezista, quando menina. Viera com os pais, que trabalhavam no Circo Sarrazani.

Pedi um uísque. Ela só tinha coca ou guaraná.

"Meu amigo de Porto Alegre é um intelectual. Eu não confio em intelectuais."

"Nem eu."

Durante quinze minutos ficou tirando grampos da cabeça.

Era bonita. Abri o fecho da minha calça e me exibi para ela.

"Calma, rapaz, onde é que está a camisinha?"

> *Os romanos inventaram a camisa de vênus, conforme Antonius Liberalis conta nas* Metamorfoses. *Em 1564 o dr. Fallopius redescobriu-a, ao recomendar o uso de um saco de linho como preventivo das infecções venéreas.*[*]

Me deu vontade de ir embora.

"Vou-me embora."

"Calma, rapaz."

---

[*] A narrativa de Paul Morel é frequentemente interrompida por citações. Algumas são dele mesmo, outras de autores provavelmente lidos na prisão.

Fui até o espelho que havia no quarto. Na verdade eu estava mesmo com a cara perigosa de sujeito com gonorreia.

Tentei telefonar para um táxi, sem conseguir.

"Vou-me embora."

Pela cara da ex-trapezista, vi que ela estava tão na merda quanto eu.

"É por causa da camisinha?" Não tinha mais o ar de uma pessoa de pés espertos. Era uma mulher cansada.

"Não."

"Os duzentos cruzeiros? Essa é a razão?"

"Eu quero ir embora, é só isso."

Colocou o polegar na boca e começou a roer as unhas.

"Até logo", eu disse.

Ela disse: "Você não tem o meu telefone". Sem inflexão, como se não soubesse o que estava dizendo.

Eu: "É, não tenho o seu telefone".

Ela: "Você não tem o meu telefone".

Saí.

Pensei: Jamais alguém andou por estes lugares a pé, de madrugada. Fiquei com medo. Gritei "Paul Morel!" várias vezes, para me habituar com o nome.

Na avenida Brasil apanhei um táxi.

Ao chegar no hotel encontrei um telegrama dizendo que minha mãe havia morrido e sido enterrada, na terra dela. Trazer de volta o corpo custava muito dinheiro.

Tempo.

Acordei, como sempre, com uma sensação de desperdício, naquele dia em que tudo começou e reencontrei Joana. Muitos anos se passaram.

Levantei da cama enojado comigo mesmo, sem lembrar direito se o papel ridículo que eu fizera tinha sido ontem ou na semana passada. Onde? Na casa de alguém? O que tinha acontecido?

Meu quarto todo desarrumado. Ao me separar de Cristina, uma neurótica compulsiva, eu dissera "quando você for embora, vou virar esta merda de pernas para o ar, chega de arrumação, aspiradores de pó, faxineiras que mexem nos meus livros e nos meus quadros, isto vai virar uma mata virgem".

As roupas jogadas no chão, junto com câmeras, lentes, fotos, garrafas, livros, pedaços de sucata, telas, tubos de tinta, discos, copos. Minha cabeça um palimpsesto.

Debaixo do chuveiro, sentado no chão, a água fria caindo em cima de mim. Isto que você está sentindo é náusea, eu disse em voz alta. O pior é que não havia vômito nenhum para sair, minha ansiedade era outra.

O telefone tocou. Saí pingando do chuveiro, disse que não estava ninguém em casa, aquilo era uma gravação, "as palavras o vento não leva, cuidado com o acetato".

"Você está sóbrio?"

"Não."

"Espera aí, não desliga, é o Roberto."

Queria que eu fizesse uma foto de cerveja.

"Não vou perder tempo com isso."

"É um challenge."

Em algum lugar da casa havia um monte de revistas internacionais de arte publicitária, e em nenhuma delas existia uma única foto de cerveja. Se houvesse, era uma merda.

"Vamos conversar", insistiu. Era um homem paciente.

"Agora estou todo molhado. Você me tirou do chuveiro."

“Eu ligo depois, então.”

Ensaboando meu corpo: cada vez mais magro, as olheiras negras, uma figura romântica. As mulheres todas dando bola para mim. Repugnância.

Naquele dia eu estava decidido a parar de beber, me reintegrar na sociedade, ceder, transigir, maneirar.

“Farei tudo o que quiserem!”, exclamei olhando o meu rosto no espelho.

O telefone tocou. Cocktail na casa de Miguel Serpa.

Depois novamente o Roberto. Ele era diretor da Andrade & Leitão.

Nada temos a temer.
Exceto as palavras.

“Você pode conversar?”

“Posso”, respondi.

“Então? Topa fazer as fotos?”

Pensei um pouco. “Faço.”

“Quando?”

“Amanhã. Hoje estou muito abafado.”

“Certo. Amanhã. Um abraço. Conto contigo.”

“Pode contar.”

O verdadeiro escritor nada tem a dizer.
Tem uma maneira de dizer nada.

Miguel Serpa recebeu-me com muita deferência.

Muitas mulheres. Identifiquei logo a sra. Elisa Gonçalves. Coberta por um vestido longo, os movimentos equilibrados, tensos; sentia no meu próprio corpo cada passo que ela dava, como se estivéssemos abraçados. Elisa caminhava impaciente pelos salões, fumando, inquieta. Eu a conhecia de retrato e lenda. Nunca me interessou, mas naquele dia senti, inesperadamente, uma terrível atração por ela.

Elisa novamente: cara magra, ossuda, cabelos negros, boca larga de lábios grossos, olhos escuros brilhantes, um rosto alerta. Fiquei imaginando atos lascivos com ela. Parei a certa distância, observando-a sem que ela percebesse.

Nesse instante surgiu Joana, acompanhada dos pais, embaixador e embaixatriz Monteiro Viana. Tentei segui-los com o olhar, mas eles logo sumiram no meio da multidão. Havia, no mínimo, trezentas pessoas no enorme apartamento de Serpa. Eu gostaria de ver Joana perto de Elisa. Joana dizia de Elisa: "Uma velhota deslumbrada que todo ano corta as próprias execráveis pelancas". Joana tinha vinte anos, exatos. Elisa no fim dos trinta.

Aproximei-me de Elisa. Ela e os circundantes pararam de falar.

"Todos os seus retratos foram malfeitos, nenhum tem profundidade, nenhum é você."

"Retratos?", Elisa, polidamente.

"Fotos. Só conheço as fotos. Permita que eu me apresente."

"Eu sei quem é você e não estou interessada." Elisa voltou a conversar com a pessoa a seu lado.

Vaguei pelos salões do Serpa, depois do desprezo de Elisa, bebendo com rapidez para ficar embriagado.

Encontrei Joana.

"Por que não damos o fora daqui?", perguntou Joana.

"Aonde você quer ir?"

"A um lugar onde você possa me explicar o que são as séries de Fibonnacci", disse Joana, rindo.

"Eu estou sem vontade. Acho que estou ficando impotente."

"Você quer ficar aqui no meio desses arrivistas enfarpelados?"

"Já disse que estou broxa. Ah!, quem me dera ser um campeão de alcova!"

> *A beleza dela fez o meu pulso martelar violentamente e secou minha boca. Ninguém poderia deixar de admirá-la: era muito delgada, com seios pequenos, a barriga plana, os flancos de linhas retas; o seu triângulo estava apenas eriçado por uma penugem macia. Ela me tantalizava, os meus desejos se exasperavam. Levantei o seu corpo e esmaguei os lábios contra os dela.*

"Eu faço você ficar com vontade."

"Não sei."

"Vamos sair daqui e comprar um chicote", Joana disse.

"A esta hora não encontramos uma loja onde comprar isto", eu disse, sentindo um forte tremor correr por dentro do meu corpo.

"Eu vou na Hípica e arranjo um. Você não quer me bater de chicote?"

"Está bem."

"Eu saio na frente. Vou buscar o chicote e te encontro no apartamento."

Exit Joana.

Voltei à sala para ver se apanhava alguma mulher. Eu só pensava nisso. Encontrei.

"Você tem um papel na bolsa?"

"Deixa eu ver. Tenho."

"Tem uma caneta?"

"Tenho lápis de sobrancelha."

"Então escreve nesse papel o seu nome e o número do telefone."

Botei o papel no bolso e saí.

No papel estava escrito: Lígia, e o número do telefone.

Peguei meu carro. Fui para o apartamento. Liguei o som. Esperei Joana, pensando.

Acima de tudo, seja verdadeiro com você mesmo.

Joana chegou.

"Trouxe o chicote?"

"Trouxe."

Joana me entregou um embrulho. Abri. Um chicote de cabo de prata, para ser usado em cavalos de raça.

Olhei para Joana, os colares no pescoço, o lenço na cabeça. Senti uma grande ternura por ela. Abracei-a.

"Eu gosto muito de você."

"Eu também gosto muito de você."

"Você quer ficar só namorando, sem fazer nada?", perguntei.

"É uma boa ideia."

Deitamos, abraçados.

"Estou aprendendo tanta coisa com você."

"Coisa nenhuma..."

"Cor. Eu não sabia nada de cor. Que mundo imenso..."

"A percepção da cor é uma experiência pessoal, extremamente subjetiva, é impossível ensinar a ver a cor, até mesmo ensinar a usar a cor é difícil."

"Fico em casa olhando meus livros de pintura e lembrando as coisas que você falou. Ontem, por exemplo, foi a visão esquizoide de Francis Bacon..."

A frase era literalmente minha. Eu tive vontade de dizer a ela que ultimamente eu falava cada vez menos. Arte tradicional, não queria mais fazer. Caixas, objetos, montagens fotográficas, fazia coisas assim, pois na verdade eu havia secado. Os cretinos dos críticos, esses pobres-diabos, rufiões de criatividade, ficavam descobrindo significados esotéricos naquele lixo todo.

Eu estava vazio, minha única saída era soldar sucata, colar, simular, tapear, copiar, enquanto pudesse.

Deitamos de barriga para cima. Joana, uma das pernas levantadas mostrando sua coxa longa e carnuda. Passei as mãos nas pernas de Joana. Ela estava com os braços abertos, as duas mãos sob a nuca; eu via as suas axilas, raspadas.

Não diga sovaco.
Diga axilas.

Beijei a cavidade que existia na junção do braço com o tronco. Fragrância de desodorante. Com a ponta da minha língua toquei o sovaco de Joana.

"Isso me deixa toda arrepiada."

Arrancamos a roupa, apressados.

"No chão", Joana disse.

Joana deitou-se, espreguiçou o corpo magro, esticando braços e pernas.

Deitei-me sobre ela. Joana grudou o rosto no meu. Afastei o rosto dela.

"Quero ver a tua cara enquanto vou entrando dentro de você."

A euforia de Joana me encheu de alegria e exaltação.

"Abre os olhos", eu disse, "olha pra mim!"

Os dois olhando um para o outro, enquanto nossos corpos se movimentavam.

Agarrei com força a cabeça de Joana, puxando-a de encontro a mim.

"Você não vai me bater?"

"Com o chicote?"

Nossos movimentos cada vez mais violentos.

"Como é que você vai me bater com o chicote? Aqui deitada? Ou eu saio correndo e você corre atrás de mim até me encurralar num canto e então me bate, bate, bate!..."

"Não sei, como você quiser", consegui dizer.

"Bate com a mão mesmo", Joana pediu.

Apoiado na mão direta, dei um tapa com a esquerda no rosto de Joana. Joana fechou os olhos, o rosto crispado, não emitiu um som sequer. Dei outro tapa, agora com a mão direita, com mais força.

"Bate, bate!"

Bati com violência. Joana deu um gemido lancinante. Continuei batendo, sem parar.

"Me chama de puta..."

"Sua puta!"

"Mais, mais!..."

Chamei Joana de todos os nomes sujos, bati com força no seu rosto. Nossos corpos cobertos de suor. Lambi o rosto de Joana, em fogo das pancadas recebidas. Nossas bocas sorviam o suor que pingava do rosto do outro. De dentro de mim, de um abismo fundo, vinha o orgasmo, uma pressão acumulada explodindo.

3

As visitas são na quinta-feira.

"Qual a sua opinião? Aqui dentro eu só penso em sexo, em sexo... Diga alguma coisa."

"Aquele orgasmo apoteótico encerra o capítulo como se fosse o final de uma opereta."

"Como é que você acha que um sujeito com medo de ficar impotente tem orgasmo?"

"Eu esqueci a conversa do Paul Morel com Joana. O personagem, Paul Morel, é você mesmo? Não existe, na realidade, nenhum industrial Miguel Serpa, nem agência Andrade & Leitão. Eu verifiquei", diz Vilela.

Morel não responde.

"Por que você usa o seu nome?"

"Isso tem importância?"

"Não."

"Você me decepciona. A única realidade não é a da imaginação? Digamos que esta é e não é a minha vida, e que eu apenas quero a sua opinião sobre o escritor."

"Prefiro não dizer nada. Ao menos por enquanto."

"Por enquanto, então. Eu estou motivado agora. Mas se desistir, você vai ter que me estimular. Por favor."

"Está bem, se você desistir."

"Eu escrevo e rasgo, escrevo e rasgo. Rasgo mais do que guardo. Está certo isso? Deliberadamente, estou tentando escrever certinho, como um desses putos da Academia", diz Morel.

"Eu pensei que os escritores guardassem tudo na gaveta", continua Morel.

"Alguns fazem isso."

"Você está tendo dificuldade com a minha letra?"

"Nenhuma. Arranjei uma datilógrafa para bater as páginas que você me dá."

"Ela é bonita?"

"Mais ou menos."

"Descreve ela para mim."

"Ela é morena. Inteligente."

"Você já comeu?"

Vilela parece surpreso com a pergunta. Morel percebe.

"Desculpe."

"Não comi, não."

"Ontem me masturbei. A primeira vez, desde que estou preso."

Quando cheguei para fazer as fotos já estavam me esperando os homens da Andrade & Leitão e o modelo. O contato da agência perguntou o que eu achava da garota. Respondi que não tinha dado para ver.

Queriam fazer uma daquelas fotos comuns de mulher com cerveja, na linha dos prazeres da vida, praia, mar, sol. Eu disse que era coisa velha, mas o contato, chamado Alípio, achava que o público esquecia as coisas, que todo mundo era imbecil, inclusive o cliente cervejeiro. Assim, mandei colocar no fundo um mar que dava para o gasto, montei a Sinar com a lente portrait e fui conversar com a loura, que estava fumando calmamente. Ela disse que já havia posado antes, uma vez só, para pasta de dentes, e deu um sorriso para mostrar a dentadura; não sabia o nome do fotógrafo, apenas que era um gordo de bigodes. "Você sabe o meu nome?", perguntei. "E você, sabe o meu?", respondeu ela, imitando o tom de saco cheio da minha voz. Acabamos dizendo o nome um para o outro. Ela se chamava Carmem. Enquanto ela punha o biquíni, fiquei brincando com o homem do estúdio, chamado Jair, dizendo que aquele mar estava uma porcaria.

Quem pensa que fotografia é uma profissão muito excitante está inteiramente enganado. Os fotógrafos-gigolôs que acompanhavam atrizes pelo mundo no fim da década dos sessenta criaram essa ilusão. Ser fotógrafo é uma chatice. Apanha mulher, mas dentista também apanha.

Quando acabou, eu disse para o Alípio, "deixa que eu levo a loura". Ele não gostou muito da ideia, mas acabou concordando.

Carmem saiu do vestiário e perguntei se ela queria dar uma volta. "Depende", respondeu ela. "Depende de quê?", perguntei. "Da volta que você quer dar." Eu expliquei que a gente ia comer qualquer coisa e depois ia ouvir música na minha casa. "Depende", ela repetiu. E eu, outra vez, "depende de quê?". Ela queria saber quanto eu ia pagar. Eu não esperava aquilo, não estava acostumado a pagar, e disse para ela. "Então tchau." Perguntei se ela aceitava cheque e fomos para o restaurante. "Você não tem pinta de garota de programa", eu disse, e ela respondeu "part time", calmamente, mas com um certo azedume.

Durante o almoço notei que por momentos ela ficava triste e, quando perguntei por que, ela disse que era devido ao filho dela, "um garoto de quatro anos que vive com a minha irmã". Toda puta tem um filho, mas não parei para pensar o que isso significava. Não sei por que, mas aquela história da criança me deixou sem motivação.

> *Maupassant era mais vaidoso pelos seus desempenhos amorosos do que pela sua literatura. "Faço mais de seis numa hora" ele dizia. Afirmava também que romances são mais fáceis de escrever do que contos. Viveu num tempo em que as pessoas morriam de sífilis, inclusive ele.*

"Olha, vamos deixar para outro dia?", perguntei.

"Como quiser", Carmem respondeu.

Eu havia me lembrado do velho, doente.

No hospital.

Com uma bomba de sucção a enfermeira tirava catarro do pulmão do velho, que, de olhos fechados, procurava impedir que a borracha descesse por sua garganta abaixo.

"Como é que ele vai?", perguntei.

"Na mesma", respondeu a enfermeira, uma mulata magra, com o rosto indiferente das pessoas que vivem do sofrimento dos outros.

O velho durava há trinta dias.

O catarro escuro descia por um tubo transparente e era depositado num vaso no chão. O catarro era tão grosso que repetidamente a enfermeira tirava o tubo de dentro da garganta do velho e mergulhava o tubo num frasco de líquido colorido, para desobstruí-lo.

"Agora vou virar ele, o médico mandou virar ele cada duas horas", disse a enfermeira. "O senhor quer fazer o favor de sair?"

Do corredor ouvia o barulho do aparelho de sucção. Lembrava um posto de gasolina.

Quando a enfermeira saiu, voltei para o quarto. Fiquei olhando os braços magros do doente, inchados e manchados de negro de tanto receberem soro e transfusões.

Meu pai abriu os olhos.

"Quando você quiser saber como eu estou, me pergunte. Essas vacas não sabem nada."

"Pensei que o senhor estivesse dormindo."

"E não pergunte como é que vai ele. Eu tenho nome."

"Como é que vai o senhor Alberto?"

"Mal", respondeu ele, "sinto dores."

"Estão tratando bem do senhor?"

"Eles me dão uma injeção que passa a dor, mas aí eu sinto uma coisa me puxando para baixo, tenho medo."

O velho fez uma pausa. "Tenho medo de cair da cama."

Papai fechou os olhos. Esperei que ele dormisse.

Saí sorrateiramente, fechando a porta de leve.

Quando saí, o velho abriu os olhos e suspirou. Eu não vi, mas ele abriu os olhos e suspirou. Para ser exato, o velho bocejou. Ele queria dar um suspiro, mas bocejou. Ele estava tão no fim que nem dava para suspirar.

4

Matos telefona: "Você não me falou do resultado da sua entrevista".

"Morel quer que eu leia as coisas que ele escreve", responde Vilela.

"Que coisas são essas? Sonetos?"

Matos dá uma gargalhada. Na faculdade ele tinha o apelido de Astúcia.

"Sonetos", confirma Vilela.

"Posso ver?"

"Só perguntando ao Morel."

"Mas não são para publicar?"

"Quando ele publicar, você compra o livro." Vilela imita a gargalhada de Matos.

"Pergunte a ele se eu posso ler."

Quinta-feira, na penitenciária.

Vilela diz a Morel: "O Matos me pediu para ler os papéis que você está escrevendo. Sou contra".

"Por quê?"

"Não sei."

"Você sabe, sim."

"Talvez porque acredite que o escritor não deve mostrar aquilo que está escrevendo."

"Estou mostrando para você."

Vilela deixa passar a observação de Morel. "Talvez porque ache que o Matos quis me fazer de bobo."

"Como?"

"Não vamos perder tempo com Matos", diz Vilela.

"Que tal você está achando o meu *Testament?* Estou muito *où sont les neiges d'antan?*"

Morel olha Vilela, inseguro. Vilela não responde. Apanha os papéis e se despede.

Tempo.

> *O importante não é perguntar como o cardeal d'Este a Ariosto, que lhe dedicara Orlando furioso, "onde você descobriu tantas histórias, Ludovico?". Os Ludovicos têm cada vez mais histórias para descobrir. A questão é saber se alguém ainda está interessado nelas.*

O último objeto de valor empenhado foi o relógio de ouro de meu pai. Nunca sabíamos as horas. A igreja protestante, perto de casa, possuía um relógio em sua torre, mas logo depois seria demolida. Mamãe cosia para fora; eu e o meu irmão trabalhávamos durante o dia e cursávamos o ginásio noturno. Era raro o dia em que a família se reunia para jantar.

Meu pai, naquela época, tinha uma loja de peles. Fazia um calor enorme na cidade, o ano inteiro. Nunca vi fregueses na loja do papai.

Um homem estranho, meu pai. Vestia a mamãe com um casaco de vison e ela desfilava para nós no estreito salão mal iluminado, em que morávamos, sobre a loja. "É o casaco mais bonito que existe no Brasil", papai exclamava. Um sorriso delicado aflorava no rosto de mamãe; a pele dela tinha a cor dos pelos do casaco. Parecia um circo de sonho, cinzento, surdina e penumbra — "mais bonito do mundo!".

Íamos para cama com fome, sonhávamos, até que o sono nos vencia.

Havia um quarto nos fundos, separado por uma área pequena de serviço.

Mamãe reuniu a família e perguntou se tínhamos vergonha de alugar um quarto de nossa casa para um estranho. "Uma coisa provisória, posso garantir", afirmava papai. Ele, sim, achava aquilo indecoroso.

Alugamos quartos durante muitos anos. O nosso primeiro inquilino chamava-se sr. Guimarães. Um velho português. Chegou carregando uma mala em mau estado e um aquário com um peixe dourado. Separado da mulher, dois filhos, rapaz e moça, que nunca o visitaram. Vendedor pracista. Sempre mergulhado em misteriosos pensamentos, dos quais saiu uma manhã para me dizer, no corredor da casa: "És um menino magro, mas és forte" — e caminhou, meio curvado, até o seu quarto, abriu a porta, fez um gesto cansado, me chamando; dentro do quarto, botou os óculos, de aros de tartaruga, apanhou um vidro sobre a mesa de cabeceira, deu comida para o peixe dourado.

"Quanto é que ganhas na oficina?"

Respondi.

"Levanta essa mala aí do chão." Era uma mala-mostruário, das coisas que ele vendia na praça.

"Pesa-te muito?"

"Dez quilos, no máximo."

"Crês que podes carregá-la, digamos, a manhã inteira?"

Assim, passei a trabalhar para o sr. Guimarães. Saíamos de casa às oito e meia e corríamos as lojas do Centro. Vendíamos cintos, carteiras e botões. Entrávamos na loja, procurávamos o comprador. O sujeito fazia o pedido. Mandava passar na próxima semana. Dizia que não estava interessado. Não falava com a gente. Eram só quatro alternativas.

Quando mudamos para a rua Evaristo da Veiga, o sr. Guimarães foi junto. Um dia ele me pediu que o acompanhasse a Copacabana.

"Deixe aí o mostruário, sabes que só trabalhamos no Centro."

No ônibus ele estava muito curvado, como se estivesse cochilando, mas os seus olhos úmidos estavam abertos, fixos, longe. Saltamos, fomos até a avenida Atlântica, andamos pela calçada da praia, então ele parou, ficou um longo tempo olhando o paredão de edifícios.

"Vês aquele prédio?", perguntou, afinal; a voz parecia vir de outro lugar, como se ele fosse um boneco de ventríloquo, sua cara também parecia a de um fantoche estragado pelos maus-tratos; "aquele de mármore branco e vidros escuros? É ali que mora a minha filha, com o amante poderoso. Outro dia fui procurá-la e ela não me recebeu. Isso deve tê-la feito sofrer muito, mas ela não suporta coisas feias e gastas, como eu. Queria muito dizer-lhe que a perdoo".

Depois voltamos e nunca mais o sr. Guimarães falou na sua família.

Um dia... como foi?...

"Ele tomou pílulas em excesso para dormir e morreu, coitadinho", disse minha mãe...

O sr. Guimarães estava deitado na dura e estreita cama de solteiro, todo vestido, de paletó, gravata, sapatos, meias pretas... Rememorei uma história que me havia contado: sua filha abandonando a casa, ele a noite inteira acordado, estarrecido com a desgraça.

"Levantei-me a noite toda, sabes para quê? pra ir ao banheiro... Os velhos urinam..."

Na frente vieram dois homens de terno cinzento, que nos olharam como se houvesse um criminoso escondido na casa. Em seguida um sujeito de óculos, que parecia delicado, comparado aos outros, segurando uma maleta preta. Depois o caixão vazio, o primeiro que vi na minha vida, carregado por dois homens uniformizados.

Durante algum tempo os estranhos ficaram em silêncio olhando a porta. Então surgiu a filha do sr. Guimarães apoiada no braço do seu protetor.

Imediatamente os homens começaram a agir. O de óculos segurou o pulso do sr. Guimarães, examinou a pupila do seu olho, levantando sua pálpebra enrugada. Um dos homens de cinza revistou a casa, enquanto o outro perguntava a mamãe: "Ele deixou carta?, bilhete?, alguma coisa escrita?". Todos, como cães, olhavam constantemente para o chefe, que continuava de braço dado com a jovem mulher, figuras de um cartão-postal antigo. Era um homem moreno, de cabelos lisos penteados para trás, sobrancelhas grossas, rosto magro vincado de rugas. Observava os acontecimentos, ligeiramente enfadado. A mulher apoiava-se com força no braço do seu companheiro, pálida, olhos muito escuros. Parecia sentir medo e nojo, da casa e do morto.

O homem de óculos mostrou o vidro de comprimidos para o chefe, "estou botando no atestado de óbito síncope cardíaca". O chefe aprovou — um gesto imperceptível.

O sr. Guimarães foi colocado dentro do caixão. Saíram sem tomar conhecimento das pessoas da casa.

A mala de amostras ficou no quarto. Fábrica de cintos. G. Lotufo.

Fui procurar G. Lotufo. Estava viajando. Diariamente ia com a mala até o escritório da firma, na rua dos Andradas. Afinal o sr. Lotufo me recebeu. Expliquei que o sr. Guimarães havia morrido e me propus a ficar no lugar dele como vendedor da fábrica.

"Ah, ah", disse G. Lotufo, "que idade você tem?"

"Catorze."

"Ah, ah", novamente.

"Conheço todos os fregueses do Centro", eu disse.

"E você acha que tem capacidade de representar G. Lotufo & Cia. Ltda.? Ah, ah. Um pirralho de catorze anos." G. Lotufo coçou a barba de dois dias; limpou os óculos na gravata. "Quem é o gerente do Pavilhão?"

"Seu Gomes", respondi prontamente.

"Da Escolar?"

“Seu Monteiro.”

“Da Camisaria Progresso?”

“Seu Agostinho.”

“Da Imperial?”

“Seu Fonseca.”

“Ah, ah”, exalou ele, como se estivesse tossindo, “pode ser tudo mentira sua, eu conheço pouco a praça do Rio.” Com um lenço quadriculado G. Lotufo limpou o suor do rosto. Levantei o mostruário, sem esforço, com a mão esquerda, para ele ver que eu era forte, apesar de magro.

“Não posso pagar a mesma comissão que Guimarães recebia”, disse G. Lotufo.

Concordei.

5

"Isso aqui não tem nada a ver com a coisa que eu estou escrevendo. É uma carta para você."*

Vilela leva um saco de ameixas. Comem.

---

* Vilela:
A nossa casa era grande. Muitas festas, pessoas alegres, bonitas, tomando champagne.
O terreno de casa subia por um morro, até um vale, um regato, amoreiras.
Eu criava um bichinho dourado.
Nossa ama, uma negra alta, Lurdes.
Éramos pessoas finas. Minha mãe fumava com uma piteira de ouro. Eu e meu irmão usávamos cabelos compridos cacheados, roupas de veludo.
Paredes cheias de quadros, louça inglesa, copos de cristal da Boêmia, manteiga francesa, cartas em papel de linho, monograma em alto-relevo.
Dois cães com os quais não se podia brincar, percorrendo de noite, em feroz silêncio, a sombra invisível das árvores.
Primeiro dia de aula. "Que absurdo, meus filhos carregando embrulhinhos de alimentos!"
Hora do recreio.

"O meu advogado é uma besta", diz Morel. "Você também foi advogado, não foi?"

"Fui."

"Foi polícia, também?"

"Fui."

"Que vida sórdida a sua. Polícia, advogado, escritor. As mãos sempre sujas."

"Fui outras coisas ainda."

"Mas não tão escrotas."

Vilela fica calado.

"Estou infeliz por ter escrito essa carta para você."

Lurdes de uniforme preto, enfeite branco na cabeça, linda, junto com Mário Gamela, nosso motorista. A bandeja, as coisas de prata, cobertas por uma toalha de linho imaculado.

Comemos rapidamente, com vergonha.

Sala de aula. Uma bola de papel na minha cabeça. Um pedaço de giz. Régua, apontador de lápis. Medo, vontade de fugir, um desejo crescendo insuportável. Fui pedir ajuda ao professor.

"Viado", todos riram de mim.

A última aula acabou. Eu e meu irmão, dois anos mais velho do que eu. Na sala vazia, arrancamos duas pernas de cadeiras. "Escondemos dentro do dólmã", ele disse.

Usávamos uniformes cáquis, de botões pretos, com emblema do colégio.

"Bate na cabeça, quando eles chegarem perto, pra sair sangue."

"Não quero fazer isso", pedi.

"Eles vão rasgar a nossa roupa, bater na gente, enfiar o dedo no nosso cu, para o resto da vida", respondeu meu irmão.

Adiante do colégio, fechando o caminho, nos esperavam.

Arrancaram a pasta das minhas mãos. Bati com o pau no rosto do mais próximo. Devia ter uns oito anos, como eu. O rosto coberto de sangue.

Fui batendo. Meu irmão batia. Eu queria matar.

Depois que eles fugiram, apanhamos nossos objetos, fomos para casa.

Deixei de criar insetos dourados. De qualquer forma, um ano depois perdemos a casa e no lugar apertado onde fomos morar não tinha terra, nem árvores.

Vilela devolve a carta a Morel.

"Leva", Morel encolhe os ombros.

"Por que você não pediu ao Magalhães para editar o seu livro?"

"Quem? Aquele calhorda?"

Morel parece mais tenso. Sulcos começam a cortar fundo a carne do seu rosto, entre as sobrancelhas, nos cantos da boca. Vilela já viu isso acontecer antes, com pessoas confinadas.

Entrei no hospital e cantei:

Como vai, papai,
Seus olhos estão muito azuis,
ai, ai, papai, de olhos azuis, azuis.

Em seguida dancei um pouco.

"Continuas um palhaço, mas na tua idade eu era muito mais engraçado do que tu", disse o velho.

Ele achava que era melhor do que eu em tudo.

"O senhor está precisando de alguma coisa?"

"O quê, por exemplo? Já não posso comer mulheres, nem pêssegos. As coisas de que mais gostava", tossiu.

"Uma garrafa de sangue fresquinho, hein?"

"Essa é uma boa ideia. O sangue que eles me dão aqui é uma merda, inclusive desconfio que estou ficando sifilítico."

Ri para ele, mas o velho não respondeu.

"Acho que não saio mais desta cama, não vou mais rever Paris, já te contei as minhas aventuras em Paris? Como amei, em Paris!... Mas, ainda melhor do que amar, era andar pelos Champs-Elysées numa tarde de setembro, ou abril. Isso tudo acabou." Sua voz era amargurada, tudo havia mesmo acabado.

O pior de todos os venenos.

"Mas não acabou só para mim", continuou o velho, a voz fraca. Suspirou. "Acabou para você também. O mundo acabou. Antes de Veneza afundar, a petroquímica fez as estátuas explodirem podres."

Na janela apareciam galhos de árvores, folhas sujas de poeira. Não chovia há vários dias.

"Em Londres", continuou ele, "os jovens cospem nos velhos. Roma virou um circo, e Viena, depois de Schicklgruber, nunca mais foi a mesma."

Verifiquei que o velho estava ainda mais branco e pálido do que da última vez.

"Estou como a Sibila presa dentro da garrafa mas não tenho coragem de dizer o que ela dizia."

A pele esticada, lustrosa, parecia parafina. Ele não tinha coragem de dizer, mesmo mentindo, "quero morrer, quero morrer", pois ninguém quer morrer, as pessoas duram enquanto podem.

"Dura, papai, dura."

Há dez dias que ele não dormia, para não ser apanhado de surpresa.

Da portaria telefonei para Lígia.

> *Em 1795, o infame gourmet Grimode de la Reynière fundou em Paris, no Palais Royal, um clube denominado Dîner des Mistificateurs. Ali se comiam os pratos mais sofisticados e fazia-se uso abundante de afrodisíacos, principalmente da cantárida.*

"Pensei que você não ia mais telefonar", disse Lígia.

“Minha vida anda muito apertada.”

“Alguma novidade?”

“Tudo velho.”

Ficamos os dois em silêncio. Eu andava muito cansado.

“Você tem algum compromisso para hoje?”, perguntei.

“Tenho, mas desmarco. Você quer sair comigo?”

Eu nunca disse não a uma mulher. Teria preferido que Lígia não pudesse sair, eu passara o dia cheio de gases, arrotando. Aerofagia.

“Meu carro é um Karman Ghia vermelho. Apanho você às nove horas.”

Deitado na cama. Olhei o meu pau. Ele estava caído, uma tripa inerte. Sempre tive vergonha de ficar nesse estado na frente das mulheres. O meu pau enrijecido fica portentoso, modéstia à parte; mole, ele quase desaparece. Quem entendesse de pênis, como W. H. Auden, por exemplo, ao ver o meu, amolecido, saberia pelos vincos da pele que, duro, ele aumentaria muito de comprimento e largura, e ficaria roxo, coberto de veias salientes. Mas nem todos têm olhos de poeta para ver.

As mulheres estavam cada vez mais bonitas. E mais poderosas, pois não precisavam ter ereção para amar. Elas podiam ligar no meio. Estava cada vez mais difícil ser homem, naquela época de transição.

Nove horas.

Parei na porta do edifício de Lígia. Eu já havia bebido alguns copos. Enquanto Lígia não vinha, liguei o rádio e fiquei ouvindo música.

Quando Lígia chegou, eu saltei, abri a porta do carro para ela entrar. Um cavalheiro.

“Vamos jantar?”, perguntei.

"Vamos."

Essa minha compulsão de querer levar todas as mulheres para a cama me obrigava a fazer papéis absurdos como aquele: eu conversava com Lígia sem prestar a menor atenção no que ela dizia. Conversamos sobre os olhos verdes dela, eu disse que ela era bonita, falamos sobre vinhos. "Você vai me pintar nua?" Nem me lembro mais o que comemos, servido por um velho garçom humilde e resignado.

"Nem enredo, nem rondó, nem rococó", eu disse. Lígia prometeu que ia para a cama comigo, mas não naquele dia, "não fica bem, logo na primeira vez, você não acha?". Mas me fez prometer que na segunda vez cumpriríamos o nosso dever.

Nada temos a temer.
Exceto as palavras.

Fui visitar Ismênia, a pintora naïve.

"Eles estão comprando os meus quadros na Europa e na América, mas aqui não", disse Ismênia.

Mostrou os quadros. Uma rua de casas baixas, cortada por fios de energia elétrica; os fios não se viam, só passarinhos pousados neles.

"Não estou interessado em ver estas coisas", eu disse.

"Então o que veio você fazer aqui?"

"Era uma vez um garoto de olhos grandes que carregava uma mala de amostras pela cidade."

"E o que tem isto de extraordinário?"

"A mala pesava vinte quilos, eu pesava cinquenta."

"Sabe de uma coisa?"

"Não."

"Todo mundo diz que você é meio louco. Eu não conheço você direito mas estou começando a achar que as pessoas têm razão."

"Quantas vezes já nos vimos?"

"Esta é a segunda vez, e, de acordo com a voz corrente, você hoje vai querer me levar pra cama."

"Vou mesmo. E esta *não* é a segunda vez que nos vemos."

"Ah, ah. Você é mesmo um idiota, além de mau pintor."

"Rua Evaristo da Veiga, 26, sobrado. Sempre pensei que você fosse francesa. Você alugou o quarto da frente, eu ficava na sala fingindo estudar, cansado de carregar a mala de amostras o dia inteiro, esperando você vir escovar os dentes na pia da copa."

Os olhos de Ismênia se arregalaram: "Conta mais".

"No teu quarto havia uma cama larga, um quadro na parede."

"Você se lembra como era o quadro?"

"Eram várias casas, uma rua, uma árvore no centro, gente deitada no chão, dançando, cozinhando, comendo, trepada nos telhados, brigando, dormindo, brincando."

Ismênia me pegou pela mão, me levou até o seu quarto.

"É este?"

Claro que era.

"A vida devia ser uma festa assim", disse Ismênia, "mas os automóveis não deixam."

"Você vinha vestida num roupão, carregando uma escova de dentes, uma toalha em volta do pescoço, lavava o rosto, as mãos e ia ao banheiro fazer xixi."

Simônides de Ceos, que viveu na corte de Hierão, tinha fama de grande poeta, inventor do epinício.

Aos que morreram nas Termópilas dedicou um epitáfio:

Sobre esta pedra não terá poder o musgo,

Nem mesmo o tempo, que domina tudo.

Era o ano 480 a.C. e no mundo viviam cerca de duzentos milhões de pessoas.

"Continua."

"Um dia você perguntou: 'Você gosta de me ver escovar os dentes?'. Eu respondi: 'Gosto'. Então você disse: 'Por que você não chega perto para ver', e aproximou o rosto do meu, a boca bem aberta, os dentes aparecendo envoltos em espuma branca. Eu ouvia o barulho da escova."

"Continua."

"Depois você encheu a boca de água, riu para mim, o queixo molhado, me deu um beijo rápido, pegando apenas um dos lados da minha boca e se afastou rindo."

"Já se passaram muitos anos."

"É verdade. Perdemos estes anos", eu disse.

Ismênia acendeu um cigarro e ficou fazendo círculos de fumaça.

"Vamos deixar para amanhã", disse Ismênia.

"Amanhã talvez seja muito tarde. Meu pai está doente."

"Ele vai morrer amanhã?"

"Quem sabe? Os olhos dele, que eram azuis, estão ficando pretos."

"Passa amanhã. Se quiser traz o cadáver do teu pai, hoje não pode ser."

Fui para casa.

Fiquei lendo o jornal.

E quase todas as coisas, segundo a lei, se purificam com sangue; e sem derramamento de sangue não há remissão.

Os Gonçalves abriram ontem os seus salões para receber os amigos de Elisa, que aniversariava.

Ontem tinha sido o dia 17 de maio.

Escrevi uma carta:

Minha prezada senhora Gonçalves,

Se eu soubesse que a senhora era Touro, quando nos encontramos na casa de Miguel Serpa, eu teria tentado lhe dizer as palavras que tomo agora a liberdade de enviar por carta.

Eu sou Sagitário, meio homem, meio animal. Minha natureza jupiteriana não entende a sofisticação das mulheres de Touro. Nós gostamos das coisas simples, ao natural, carnes cruas, frutas. Somos no amor uns pobres intuitivos. Sempre temos dificuldades ao confrontar a aristocrática atitude das mulheres de Touro. Estas não gostam de ser forçadas a fazer as coisas, e reagem aos desafios com incrível vigor. Uma mulher desse signo não pode ser mudada. Sua personalidade é forte, ela sempre faz o que bem entende, sem sofrer influências de ninguém. Que loucura minha querer forçá-la a posar para mim!

Nós, de Sagitário, somos irresistivelmente atraídos pela voluptuosidade das mulheres de Touro. Nossa sensualidade instintiva é influenciada pela refinada passionalidade sexual das taurinas. Está acima das nossas forças. Ainda ontem, numa entrevista miraculosamente obtida por um amigo, estive com o misterioso professor Khaiub. Fui levado de olhos vendados. Prometi que nada diria sobre o professor. Apenas isso, a última frase dele: O Sagitário não desiste, ele quer VER. *O Touro não cede, ele quer* TER.

Respeitosamente,

Paul Morel

Eu nada sabia de astrologia. Nunca tinha visto nenhum Khaiub. Tentava uma cartada. Elisa Gonçalves era Touro, eu tinha visto na seção de horóscopos do jornal, depois de saber a data do aniversário dela. Sagitário eu não era, nem nunca me importei com isso. Ou seja, no assunto eu estava inteiramente por fora. Mas sabia duas coisas: *a)* que cem palavras numa carta valem mais do que mil sopradas no ouvido, e *b)* que todo mundo gosta de ouvir falar de si, e a astrologia é o melhor de todos os pretextos.

O telefone tocou: "Recebi sua carta".

"Desculpe a minha audácia. Mas eu achava que tínhamos muita coisa a dizer."

Incrível: eu estava trêmulo de excitação.

"Eu me interesso muito por astrologia. Que frase estranha, desse homem, professor Khaiub. O senhor realmente esteve com ele?"

"Estive."

"Como é ele?"

Respondi que não pudera vê-lo com nitidez. Estávamos numa sala em penumbra, Khaiub usava barbas negras e sua idade era indefinível. Um homem de mãos magras, nervosas, cobertas de pelos, dedos longos e nodosos, unhas compridas. "Não pude tirar os olhos daquelas mãos. Era como se Khaiub as tivesse sobre mim. A voz dele era grossa, baixa, sem compaixão, parecia entrar pelos meus poros. Uma experiência emocionante."

"Eu gostaria de encontrar esse homem."

"Posso ver se consigo isso para a senhora."

"Me chame de você."

"Vou ver se consigo uma entrevista para você. Enquanto isso eu gostaria de vê-la."

"Você me vê no dia da entrevista."

"Mas eu tenho coisas para lhe falar, antes."

"Nós não gostamos de ser forçadas, lembre-se da sua carta. Não seja tão impaciente."

"OK. Posso ligar para sua casa?"

"Pode. Meu nome está na lista."

Click.

O telefone tocou.

"Paul?"

"É."

"Joana."

"Sim."

"Olha, estou tirando o meu passaporte."

"Você vai para onde?"

"Paris."

"Com seus pais?"

"Não. Sozinha."

"Fazer o quê?"

"Nada."

"Quando?"

"Semana que vem."

"Vamos nos encontrar antes?"

"Agora?"

"Agora."

"Está bem."

Fiquei lendo enquanto Joana não chegava.

Conquanto ele tivesse sido contemporâneo de Balzac, suas palavras não eram de um homem senil. Como conseguem se tornar tão extraordinariamente velhos esses feiticeiros visuais! Devem ser horários folgados de trabalho. Ele disse: "Gioto... Blotto!... Miguel Agnolo... um pequeno presumido...". Ele o chamou de Agnolo, como se chamaria um amigo de infância. "Monet... nada... Pobre Cézanne... um cu de ferro que parecia estar sempre se preparando para um exame que nunca foi marcado... A arte não é nada disso."

Joana chegou.

Arte é uma tolice.

"Você conhece a história de Wateau jogando pedrinhas dentro do rio?", Joana perguntou.

"Conheço. Vamos para a cama?"

Joana riu: "Acho essa ideia muito boa, mas primeiro vamos jantar".

Enquanto bebíamos, Joana me perguntou: "Você tem trabalhado muito?".

Fugi da pergunta: "Tuas pernas estão muito bonitas. Você vê, nós estamos aqui, num restaurante de luxo, mas sem a menor intimidade. Se estivéssemos no século XIX, em Paris, num romance de Maupassant, isto seria uma sala reservada, com as paredes forradas de veludo vermelho, um sofá num canto, e nós estaríamos tomando champanhe e fodendo.

As pessoas que nada têm a dizer
são muito cuidadosas
na maneira de dizê-lo.

Chamei o garçom e pedi champanhe.

"Você tem dinheiro para champanhe? Você não deixou de fazer fotografia comercial?"

"Ainda não. Na semana passada fiz algumas fotos. E ontem eu vendi uma caixa. Uma merda. Os burgueses estão comprando tudo."

"Você mandou alguma coisa para a Bienal?"

"Mandei. Conexão."

"Conexão?"

"De esgotos. Vários tubos ligados, um intestino quadrado."

"Foi aceito?"

"Foi."

Vontade de dizer para Joana "põe a mão aqui, estou morrendo de secura por você". Mas não estava em condições. Pensei numa porção de libidinagens, sem efeito. Eu estava tendo frequentemente esses sintomas de broxura. Um tesão danado na cabeça, mas nada de erectio penis. Comemos ostras, depois camarão à grega. A champanhe francesa estava muito gostosa.

"Pensei em mandar você botar a mão aqui pra você ver como eu estava rijo e eu dizer pra você 'estou assim desde a hora em que te telefonei de manhã'. É um truque que uso há quinze anos com grande êxito", expliquei.

Joana riu: "Eu gosto de você".

Acabamos de comer e fomos para minha casa.

"Não dá bola pra desarrumação."

"Não estou gostando das coisas que você anda fazendo", Joana disse, depois de ver os objetos no chão.

"Nem eu. Você não está com vontade de fazer xixi?"

Eu estava apertado para urinar. Quando era garoto, li num livro erótico um trecho que achei de terrível mau gosto: Dolly entrou no banheiro e eu ouvi o barulho da urina dela no vaso, ficando enormemente excitado.

> *A aversão a comer carne humana não é intuitiva. Segundo são Jerônimo, apesar de eles, os ingleses, terem enorme quantidade de gado, preferiam a coxa de um pastor ou um pedaço de seio de mulher como guloseima.*

Joana tirou a roupa. Eu também. Joana realmente me estimulava: osso ilíaco aparecendo mesmo quando ela estava vestida; bunda tensa, rija, partes glúteas separadas, rego bem delineado, sólida, do tamanho certo; pernas carnudas.

Fiquei tão excitado que nem fui ao banheiro.

Deitamos. Joana já estava úmida, aguardando a minha penetração. A bexiga cheia aumentava o meu desejo. Ou seria isso uma simples ilusão? Num livro do marquês de Sade, um dos personagens afirma, numa daquelas longas tiradas didáticas, que era mais excitante ser sodomizado com os intestinos cheios. Eu sempre pensei que o personagem revelava apenas uma faceta de sua perversão estercorária, mas talvez existisse algum fundamento fisiológico para a coisa.

Apesar de muito excitado, não ejaculei. Deixei que Joana tivesse orgasmo sozinha, duas vezes.

"Goza comigo", ela pediu.

"Estou gozando", eu fingi, gemendo e respirando fundo.

"Você ainda está assim?", perguntou Joana sentindo a minha rigidez penetrante. Eu era um exibicionista. Fiquei um tempo enorme nisto. Quando notei que começava a fraquejar, "acho melhor você descansar um pouco", e saí de dentro dela. Lentamente.

Eu não tinha gozado, mas não queria que ela soubesse. Estava me poupando.

"Deixa eu te lavar", eu disse. Assim ela não poderia mesmo saber, pensaria que o esperma tinha saído na água.

Levei-a para o banheiro. Joana sentou-se no bidê, de pernas abertas. Esguichei água morna na boceta dela, passei sabão, fiz bastante espuma, usei bastante água.

"Faz xixi na minha mão." Coloquei a mão aberta entre as pernas de Joana, sentada no bidê.

"Não consigo, estou inibida."

"Pois eu consigo."

Eu estava de pé. Joana sentada no bidê, segurou no meu pau, e esticou o braço, colocando a mão sobre o vaso sanitário.

Comecei a urinar na mão dela.

"Que bom", disse Joana virando e revirando a mão.

"Quer que eu urine no teu corpo?"

"Quero sim."

Joana bronzeada de sol, os pequenos seios marcados por uma estreita faixa branca, onde sobressaíam os mamilos cor-de-rosa. Urinei bem em cima dos seios de Joana, da parte branca, dos mamilos. A urina escorreu pela barriga, pelos cabelos do púbis, e caiu no bidê. Molhada de urina, a pele de Joana brilhava refletindo a luz do teto do banheiro.

Joana, de olhos fechados: "Que maravilha! Você acha que eu sou muito pervertida?".

"Não, não acho", respondi.

Joana continuou sentada no bidê até que a minha urina acabou. Entramos os dois na banheira antiga enorme, eu de um lado, Joana do outro.

"Se você não fosse fotógrafo e pintor, queria ser o quê?"

"Escritor."

"Eu queria ser diretora de cinema. Mas não ia ser uma Agnès Varda qualquer. Já tenho uma porção de filmes na cabeça. E você?"

"Eu o quê?", olhando Joana: o corpo humano é a maior maravilha da natureza.

"Você tem algum livro na cabeça?"

"Tenho."

"Como é que ele é?"

"A. M. Carvalho, oitenta anos, come filé com fritas. Seu neto, dezesseis anos, come o mesmo prato. Investimentos diferentes."

Nada temos a temer.
Exceto as palavras.

"O que mais?"

"Só isso!"

"Mas um livro tem que ter uma porção de páginas."

"Este livro tem. Tem quatrocentas páginas. Em todas as páginas está escrito: A. M. Carvalho, oitenta anos, come filé com fritas. Seu neto, dezesseis anos, come o mesmo prato. Investimentos diferentes. A. M. Carvalho, oitenta anos, come filé com fritas etc., do princípio à página quatrocentos, um parágrafo único, compacto, coerente, consonante."

Saímos do banheiro para o quarto. Mandei Joana sentar na beira da cama de pernas abertas e comecei a beijar o seu corpo. A boceta de Joana estava fria, molhada de água, com um leve gosto de sabão. Aos poucos foi esquentando até que começou a ficar salgada. Joana deitou-se. Esticou as mãos procurando as minhas.

"Entra dentro de mim... quero que você faça tudo comigo!"

Joana queria ser espancada, aviltada, sodomizada, queria ter o rosto lambuzado pelo meu sêmen. Fiz a sua vontade.

6

Vilela entrega a Morel cópia dos papéis que Hilda datilografou.

Morel começa a lê-los imediatamente. Suas mãos tremem.

"Hoje não tem biscoitos?", pergunta Vilela.

"Acabou. Não quero mais biscoitos. Estou engordando. Comecei a fazer ginástica. Vou chegar a mil flexões por dia. Um Pantera Negra condenado à morte fazia isso. Li numa revista."

Morel continua magro, um pouco mais pálido.

"Você acha que é direito eu falar de meu pai?"

"Se for verdade, é direito."

"Reparou como falo pouco de Cristina? Tenho aqui mais algumas páginas sobre ela, e essa mulher foi casada comigo dez anos."

"Como é que ela é?"

"Parece uma dessas suecas de Bergman. Uma mulher impossível."

Estendido no chão, Morel ocupa todo o comprimento da cela. Faz cinquenta flexões.

"Destrutiva", termina ele.

Lembro-me de Cristina dizendo: "Eu sinto que você não está mais próximo de mim como antes, alguma coisa está acabando, pelo amor de Deus, não deixa que isto aconteça, era uma coisa tão linda".

Uma camada líquida cobriu os olhos castanhos de Cristina, escorreu pela sua face.

Nós líamos Rilke juntos.

O dieses ist das Tier, das es nicht gibt.

Pound, Eliot, Rimbaud. Fotografei seu rosto mil vezes. Fixei os rápidos instantes que se perderam no ar.

"Você disse que é assim porque venderam a casa. Como odeio aquele poema, como odeio as pessoas cuja casa foi vendida e por isso se entregam."

"Eu me entrego a quê?"

"Por que você não quer ter um filho?"

"Não quero ser o instrumento cego do instinto de preservação da espécie", respondi. A frase era empolada. Mas era aquilo o que eu sentia.

"Tenha culhões pelo menos uma vez na vida", Cristina disse.

"Fazendo um filho em você?"

Nós estávamos casados havia dez anos.

Eu cada vez ficava mais egoísta. Pensava: não aguento mais esta vida, mas não tinha coragem de abandonar Cristina. Não era devido a nenhum sentimento de generosidade. Apenas porque não suportava a ideia de que alguém passasse a viver com ela. Para falar a verdade eu já não tinha o menor interesse sexual por Cristina. Depois de dez anos de casado tudo acaba. É uma pena, mas acaba. Não adianta tentar seguir as instruções dos manuais que procuram garantir a sobrevivência do casamento através de exercícios sexuais, receitas de compreensão e autoanálise etc. Eu ainda não tinha largado Cristina apenas porque a considerava minha propriedade privada.

Naquele dia, Cristina disse, ao entrar no meu estúdio: "Isto parece um chiqueiro".

"É minha maneira de trabalhar."

Cristina me olhou, com uma cara misericordiosa.

"Você não tem jeito mesmo não. O que quer você da vida?"

Já havia uns trinta dias que nós não íamos para a cama.

"Eu quero ser livre."

"E por que você não é livre?"

"Eu não deixo. E você não deixa."

"Eu não, meu caro. Quem quis casar comigo foi você. Você pediu", ela disse, tentando ser sarcástica.

"Eu nunca quis sentar na poltrona do dono da casa e ter um cachorro deitado sobre os meus chinelos", eu disse.

Ao dizer isso, entendi a minha vida.

Eu queria ser dono de uma mulher. Para isso tinha que ser dono de uma casa, dono de um emprego, dono de uma porção de coisas.

"Isso assim não pode continuar", disse Cristina.

"Eu saio ou você sai?", perguntei.

"Eu saio. Vou para a casa de minha mãe."

Cristina estava certa de que, cedo ou tarde, eu acabaria chamando-a de volta.

"Vou virar esta merda de casa de pernas pro ar."

"Esta merda já está de pernas pro ar."

A minha vida estava de cabeça para baixo.

Tempo.

O quarto do sr. Guimarães ficou pouco tempo vago. Foi alugado para uma moça chamada Ismênia. Alguns dias depois de ter se mudado, uma amiga dela, uma declamadora, chegou do exterior. Elas subiram as escadas do sobrado, enquanto eu as seguia, carregando as malas. Naquela noite, não saíram do quarto. Várias vezes fui até a porta fechada. Não conseguia ouvir o menor ruído. Pensei: Devem estar murmurando uma na orelha da outra, movendo-se na ponta dos pés. Minha imaginação construía situações, Ismênia e a amiga, mulheres inventadas, com extasiantes e misteriosos corpos, tesouros escondidos sob a roupa.

Eu tinha catorze anos e os meus dentes apodreciam por falta de dinheiro. Afinal economizei a quantia necessária para o tratamento dentário.

O dentista queria colocar um canino de ouro na minha boca.

"De ouro? Eu acho feio", argumentei timidamente.

"Você quer ganhar a vida sorrindo ou mordendo?", o dentista perguntou.

Insisti que era feio.

"Ouro é ouro", o dentista disse, "dura a vida inteira, você nunca mais se preocupará."

"Vou te ensinar a dançar", disse Yara, minha colega de curso noturno.

Estávamos no ginásio de basquete do colégio. Chão de cimento. Uma vitrola tocava. Yara tinha lábios grossos e roxos.

"Você não sorri nunca?", Yara perguntou.

"A boca foi feita para morder", respondi.

"Você é engraçado", disse ela quando estávamos na praça Quinze olhando as barcas que iam para Niterói. "Você quer me beijar? Eu deixo."

Eu já havia sido beijado por uma vizinha, chamada Sílvia. Na esquina da rua Senador Dantas com Evaristo da Veiga, Sílvia me convidou para ir à costureira. Entramos num edifício. Quando o elevador começou a subir ela colou os lábios nos meus e enfiou a língua na minha boca. O elevador parou, ela saiu e me deixou só, assustado com aquele beijo insólito.

"Eu deixo", repetiu Yara. Ouro tem gosto?, pensei, engolindo meu próprio cuspe. Yara me abraçou. Estava quente, entre as pernas gorduchas. "Você tem jeito para dançar. Quer que eu te ensine, sempre?"

Tempo.

Fui ver na lista telefônica, mas evidentemente não havia nenhum Khaiub inscrito.

Lembrei-me de um conhecido que frequentava cartomante: Raul.

"Você conhece um tal professor Khaiub?"

"Conheço."

"Será que você me faz um favor?"

"Faço."

"Eu queria que você me apresentasse esse sujeito."

"Khaiub?"

"É."

"Bem... eu pessoalmente não conheço ele. Quem conhece é um amigo meu."

"Será que esse amigo seu podia fazer isso pra mim?"

"Eu acho que pode."

"Você me dá o telefone dele? Posso usar o seu nome?"

"Ele não tem telefone."

"Porra."

"Mas eu tenho o endereço dele. É na Glória. Rua Cândido Mendes."

"Como é que ele se chama?"

"Rogério."

Um sobrado velho. Toquei a campainha.

Um sujeito chegou na janela.

"O que é?"

"Estou procurando o Rogério."

"Quem quer falar com ele?"

"Paul Morel."

"Ele não conhece ninguém com esse nome."

"Eu vim a mando do Raul."

"Raul de quê?" Lá de cima da janela o sujeito deu uma cuspida para a rua.

"Raul não-sei-de-quê."

"Ele também não conhece esse cara."

"Como é que o senhor sabe? Chama ele aí que eu quero perguntar."

"Ele quem?"

"O tal de Rogério."

"Rogério sou eu. E não sei quem é você."

"Sou Paul Morel."

"Pois é... Quem é você?"

"Estou com o pescoço doendo. O senhor não pode descer, ou eu subir, qualquer coisa?"

> *O último grande livro que descobri foi o* Dicionário da Administração Alfandegária. *Intitula-se* Repertoire Géneral du Tarif *e apareceu em 1937. Dois volumes, pesando cinquenta quilos.*

Rogério saiu da janela.

Pouco depois, barulho de porta abrindo.

"Entre", gritou Rogério.

Empurrei a porta. Rogério no patamar da escada. Abrira a porta puxando um longo cordão que terminava amarrado no trinco.

Subi as escadas. Cheguei ao patamar.

"Qual o assunto?" Um homem magro, parecendo doente.

"O Raul me disse que o senhor conhece o professor Khaiub."

"Ele disse isso?"

"Disse."

"Quem é o Raul?"

"É um sujeito que vive indo em tudo que é cartomante."

"É um magrinho, meio ruço, de barbas?"

"Não, é um gordo."

"Então não sei quem é", disse Rogério.

"Ele é magrinho sim, eu estava fazendo confusão." Tudo para encontrar o professor Khaiub!

"É. Mas eu não conheço nenhum Raul magrinho."

"O senhor está me sacaneando?", perguntei.

"Não sei."

"O Raul não interessa. Eu quero lhe pedir um favor. Eu preciso encontrar o professor Khaiub. Eu pago cinquenta pelo endereço dele."

"Bem que eu preciso de um dinheirinho..."

"Então?"

"Eu não conheço o professor Khaiub."

"Não conhece?"

"Já ouvi falar. Mas não conheço."

"Não conhece?"

"Mas conheço um cara que conhece ele", continuou Rogério.

"Mas ele vai me ajudar? Ou é um sujeito difícil igual a você?"

"Ajuda sim. Leva uma coca pra ele que ele ajuda."

"E onde é que eu vou arranjar uma coca agora?"

"Eu tenho. Quinhentos."

"Me dá", eu disse.

Rogério me deixou em pé no patamar enquanto ia apanhar o material. Mancava.

O sujeito que conhecia Khaiub morava na Gávea Pequena, numa casa enorme. Quando toquei a campainha um cão começou a latir. Pelo barulho devia ser um bicho bem grande.

Um jovem, vestido de copeiro, abriu a porta.

"Eu quero falar com o senhor Daniel."

"Quem quer falar?"

"Paul Morel."

"Como?"

"Paul Morel."

O copeiro me fez entrar.

Jardins bem cuidados. Um grande gramado.

"Um momento, por favor."

"Espere. Leve esse papel para ele."

O copeiro apanhou o papel e retirou-se.

Coca: eu havia escrito no papel.

O copeiro voltou.

"Favor me seguir."

Fui até onde estava Daniel.

Sentado à beira de uma piscina de águas azuis, tomando gim.

Uns vinte anos, gordo, balofo, cabelos compridos.

"Gosto de sua cara", ele disse. "Duvido que algum tira desconfie que você carrega a Coisa."

"É a pura verdade", eu disse.

"Não quero saber das suas ligações. A Coisa é entregue aqui em casa. Se você for apanhado nem adianta falar no meu nome."

O sujeito supunha que eu era um distribuidor.

"Quanto é que você pode fornecer?"

Eu tirei o pó do bolso e dei a ele.

Daniel aspirou fundo.

"Quanto você pode me mandar por semana?"

"Eu só tenho isto."

"Como?"

"Só. E nem sei como arranjar mais."

"Portos!", gritou Daniel.

O copeiro surgiu com o cão preso numa coleira. Vi então por que o bicho latia tão forte. Era maior do que eu.

"Quem foi que mandou você aqui?", gritou Daniel.

"Um sujeito chamado Rogério, que mora na rua Cândido Mendes."

"É mentira. Eu não conheço nenhum Rogério."

"É um manco, mora num sobrado."

Daniel me olhou, desconfiado.

"Meu nome é Paul Morel, o artista."

"Nunca ouvi falar de você. O que veio fazer aqui?"

"Me disseram que você conhece o professor Khaiub. Eu trouxe o pó de presente."

"Não conheço Khaiub nenhum. Vá embora."

Daniel não estava brincando.

"Leva a Coisa contigo!", gritou Daniel, jogando o material no chão.

Peguei o carro e saí dirigindo sem destino. Surpreso, notei depois de algum tempo que estava na porta do hospital.

Meu pai estava lívido, com olheiras negras que lhe davam um ar devasso, devassado, devastado.

"Não passo de hoje", ele conseguiu dizer.

Vi que não passava mesmo.

Com os olhos bem abertos ele olhava a claridade que vinha da janela. Queria dormir, mas supunha que se ficasse acordado a morte não o surpreenderia.

"Ninguém me diz uma palavra, ninguém me conta nada."

Tentei imaginar algo para dizer.

"Essas vacas só sabem enfiar coisas nas minhas veias, minha garganta, minha uretra, o único buraco que escapou, por enquanto, foi o cu."

"Papai, estou fodido."

"Está todo mundo fodido."

Ele não piscava o olho. Talvez pensasse no pai dele, o meu avô, saindo de dentro do seu veleiro como do útero da mãe, remando solitário num pequeno barco, em busca do maldito peixe, na madrugada turva daquele mar feroz, com fé em Deus e nos braços musculosos.

Segurei na mão do meu pai. Os braços dele estavam roxos das porcarias que as enfermeiras tentavam enfiar-lhe no corpo e que escapavam das veias como as águas saem dos esgotos nas tempestades. Virei as palmas das suas mãos descoradas e ali estavam os calos, amarelos e duros como as escamas dos peixes.

Naquele instante meu pai morreu.

Ele havia ficado sempre alerta, mas não bastara ficar de olho azul aberto para se manter vivo.

O seu rosto começou a ficar tranquilo.

Lembrei-me do tempo em que ele jogava tênis, dirigia velozmente o seu automóvel e as mulheres faziam charme para ver se ele as comia. Phlebas.

Avisei Cristina do enterro. O velho gostava muito dela. Não consegui avisar meu irmão, não sabia onde ele estava.

No enterro havia mais coveiros do que assistentes. Eram três, os homens que enterraram meu pai. Eu e Cristina assistimos. Cristina jogou uma flor sobre o caixão.

O cemitério estava vazio. Viemos andando lentamente, por entre as árvores da alameda.

"Eu não tenho mais ódio de você", disse Cristina.

Ela estava mais magra. Bonita.

"Estou te achando muito diferente", ela continuou.

"Estou muito bem", respondi.

"Não acho que você esteja muito bem. Desculpe a franqueza."

"Eu ando cansado."

"Você tem trabalhado muito?"

"Não. O que você vai fazer agora?"

"Eu tenho um compromisso...", Cristina respondeu, constrangida.

Na porta do cemitério, apertei a mão dela: "Até logo".

"Adeus."

Do cemitério fui para a casa de Ismênia.

"Não pude trazer o cadáver de meu pai, ele foi enterrado hoje."

"Nunca sei quando você está falando sério", disse Ismênia.

"Estou sentindo muita fome. A morte de meu pai me deu muita fome. A morte me fez descobrir duas coisas: que estou vivo e que isso não vai durar muito tempo."

"Você está com fome?", perguntou Ismênia.

"E com tesão também."

"Você tem coragem de comer a comida que eu fizer?"

"Hum... não sei", respondi. Não sabia mesmo. Nunca conheci uma pintora que soubesse cozinhar.

"O que você quer que eu faça?"

"Faz um macarrão. É mais seguro."

Fui para a cozinha ver Ismênia cozinhar.

"Você tem pintado alguma coisa?", ela perguntou.

"Você sabe que a arte acabou."

Em todo o Louvre só escapa a Batalha de Uccello. *O resto é lixo.*

"Não concordo com você."

"Você é uma primitiva. Ou seja, uma pessoa que só vê a superfície das coisas."

"Se você continuar assim eu não te dou comida."

"Retiro tudo que disse. Viva os primitivos e suas lindas cores."

Leonardo aconselhava parar algumas vezes, olhar manchas das paredes, cinzas, nuvens, lama, lugares assim onde podem estar ideias maravilhosas. Mas nas pessoas existe ainda mais para ver.

"Estou arrependida de ter sido bruta com você."

"Não se preocupe."

"Que pena que você fosse tão garotinho naquele tempo."

"Você conhece o professor Khaiub?"

"Não. Toda arte acabou ou só essa arte que a gente faz?"

"Acabou tudo. Kunst ist überflüssig. Acabou tarde."

"É. Nós devíamos fazer outra coisa, menos inútil. Precisamos fazer uma arte que realmente atinja o povo. O povo precisa da arte."

"O povo é influenciado por críticos e connaisseurs de merda. No Louvre há sempre uma multidão de idiotas olhando reverentemente a *Vênus de Milo*."

"Você é um frustrado, como todo artista de vanguarda. Só nós, os primitivos, ainda temos um pouco de saúde e entusiasmo pela vida."

"Atenção para o macarrão", eu disse.

O macarrão estava uma delícia. O vinho que Ismênia serviu também estava muito bom.

"Vou me pôr à vontade", eu disse.

Tirei a camisa.

Ismênia ficou me olhando.

"Você tem um corpo bonito."

Abracei Ismênia.

"Você ficou pensando em mim esse tempo todo?", Ismênia perguntou.

"Fiquei", respondi enquanto beijava a orelha dela.

"Desde o tempo de rapazinho, na época em que eu alugava um quarto na tua casa?"

"Desde esse tempo. Não eram vinte e quatro horas por dia, nem todo o dia, mas pensava muito em você."

"Como foi que você me descobriu?"

"Vi o teu retrato na revista. Aí disse para os meus botões, essa Ismênia *é aquela* Ismênia."

Erectio. Ismênia grudou o corpo no meu. Ficamos algum tempo beijando. Tirei a blusa dela.

"Vamos tirar esse monte de roupa", eu disse.

Eu queria me mostrar para ela.

Fiquei inteiramente nu. Ismênia, depois de olhar minha ereção roxa erguida para o teto, tirou a roupa. Estávamos na sala.

"Vamos para o quarto", disse ela.

Tendo o costume de ver o seu corpo apenas de frente, levou um susto quando comprou um espelho duplo que lhe mostrava a bunda. Meu Deus!, pensou, este espelho deve estar com defeito, minha carne não pode ser esta, que falta de firmeza, que pele doentia e triste!

A bunda de Ismênia, bem embaixo, na curva inferior, na parte que juntava nas pernas, apresentava uma pequena dobra desanimadora. Pareceu-me ver uma marca cor-de-rosa, do tamanho de uma espinha. A cor da pele não era homogênea. Eu sabia que era difícil uma cor firme nessa parte do corpo, mas era otimista e sempre esperava encontrar somente traseiros que parecessem de louça, quando se olhavam, e de borracha consistente, quando se apalpavam.

Ismênia tirou a colcha da cama, dobrou-a cuidadosamente e se deitou. Deitei-me ao seu lado, de barriga para baixo: a ereção estava acabando.

"Você já teve alguma experiência homossexual?", perguntei.

"Já, com aquela declamadora. Você se recorda da declamadora, que passou uns dias comigo?"

"Sim."

"E você?", perguntou Ismênia.

"Não tive. Como é que foi, com a declamadora?"

"Já não me lembro direito. Não foi grande coisa."

"Você toma pílula?", perguntei. Queria ganhar tempo.

"Tomo, não se preocupe, eu também não quero ter um filho seu."

Beijamos mais, minha perna entre as pernas de Ismênia. Sentia a umidade da sua boceta.

"Vem, vem", disse Ismênia.

Não reagi.

"O que foi?"

"Não sei. Excesso de ânsia, provavelmente."

"É isso mesmo? Pode ser outra coisa."

"O quê, por exemplo?"

"Talvez você esteja desapontado comigo, depois de todos esses anos de expectativa..."

"Ou talvez eu seja impotente."

"Não parecia, até há pouco."

"Talvez eu esteja *ficando* impotente, sabe como é, em condições apenas para um desfile rápido."

"Se fosse isso, você não estava tão tranquilo."

Não estava. Na primeira oportunidade vesti minha roupa.

Ismênia colocou um roupão.

"Que coisa...", eu disse, desanimado.

"Pelo menos espero que o jantar tenha sido do seu agrado."

"Estava ótimo. Acho que nunca comi um macarrão tão bom."

Ficamos calados algum tempo.

"O que você está pensando? Duvido que diga."

"Em nada. Acho que sou o único sujeito no mundo capaz de ficar absolutamente sem pensar. A cabeça vazia. Como se estivesse morto."

Eu pensava em Joana. Pensava em meu pai e sentia vontade de chorar.

7

“Quinta-feira passada você não veio”, diz Morel.

“Não pude”, diz Vilela.

“Matos apareceu. Pediu para ver o que eu estava escrevendo. Eu disse que não tinha cópia.”

“Fez bem.”

“Pedi a Matos para me trazer as cartas que Joana escreveu de Paris. Ele não as achou, tive que reconstituí-las de memória. Está tudo aqui, junto com aquelas besteiras da Elisa Gonçalves. Num jantar, desses que os jornais noticiam, na mesa onde eu estava, um cavalheiro só falava no seu Rolls-Royce, dizendo que não o deixava apanhar sol. As mulheres comentavam novelas de televisão. A farsa que armei contra Elisa está aqui. Creio já ter falado nisso antes.”

Morel faz flexões.

“Quantas você está fazendo por dia?”

"Trezentas. Sem beber, sem fumar, dormindo oito horas por dia, estou em perfeita saúde, na melhor forma da minha vida. Mas de que me adianta isso?"

"Você pode escrever."

"Só penso em sair daqui e apanhar uma mulher. A vida é uma sucessão de besteiras. A minha pelo menos. A sua também?", pergunta Morel.

"Também."

"Quem foi que disse: nascimento, cópula e morte, isto é tudo que há. Pound?"

"Eliot."

"Você não gosta muito de mim, gosta?"

"Ainda não sei."

"Por que você veio aqui?"

"Estou interessado no fim da história."

"Você não leu os jornais?"

"Não. Estava viajando."

"Pergunte ao Matos."

"Se for necessário, pergunto."

Eu queria levar Elisa Gonçalves para a cama por ser ela uma mulher rica e famosa. No Rio existiam milhares de prostitutas melhores do que Elisa: na cama de pouco adianta a haute couture.

Telefonei para Elisa:

"Encontrou Khaiub?", ela perguntou.

"Encontrei", respondi, de improviso.

"Que ótimo."

"Ele está disposto a lhe conceder uma entrevista."

"Que maravilha. Quando e onde?"

"Na minha casa, dentro de alguns dias."

"Ele não pode vir aqui?"

"Não pode."

"Então está bem. Quando?"

"Eu depois aviso. Outra coisa: ele certamente irá lhe cobrar alguma coisa."

"Está bem. Não tem problema... Quanto é que você acha que ele vai querer?", uma ponta de mesquinhez na voz.

"Não sei."

"Você não tem ideia?"

"Quinhentos, mil, por aí."

"Pensei que seria mais."

Logo depois que nos despedimos, liguei para um sujeito chamado Zé.

Mais tarde, num bar, bebendo cerveja.

"Estou atrás de financiamento", Zé disse, "esses banqueiros são uns burros."

Tive que ouvir como era o filme dele.

Sinopse. Rui é um poeta, ladrão e cafetão que tira dinheiro dos pobres para dar aos ricos. Os ricos são representados por uma mulher de meia-idade, de rosto esticado, aristocrática e cruel, com quem Rui tem relações sexuais circunscritas: ela apenas permite que ele lhe lamba os pés.

"O que acha você do meu filme?"

"Esses banqueiros são uns burros, esse filme vai ser um estouro", respondi, "pelo menos na Europa."

"É uma pena que você não seja banqueiro."

"Eu também tenho um roteiro de filme: um artista decadente quer comer uma grã-fina chata mas ela só dá para ele se for apresentada a um astrólogo chamado professor Khaiub. Mas Khaiub não existe. O artista decadente pede a um amigo que faça o papel de Khaiub. Os dois vão para a cama e termina o filme."

"Romântico, meio piegas, mas interessante."

"Você quer fazer o papel de Khaiub?"

"Quanto tempo de filmagem? Você sabe, a qualquer momento pode sair o financiamento do meu filme."

"Um dia para ensaiar, um dia para a filmagem."

"Combinado", disse Zé.

Dei ao Zé os dois livros que eu carregava.

"Lê isso atentamente. A mulher é Touro. O nome dela é Elisa. Aqui está uma relação de Touros famosos: Shakespeare, Freud, Balzac, Catarina, a Grande, Ella Fitzgerald, Hitler..."

"Hitler?", perguntou Zé, ofendido.

"Esquece o Hitler. Põe Marx no lugar dele. Tem Touro para todo gosto."

"Esse é o roteiro do filme?"

"Que filme, rapaz? Será que você não entendeu que isso não é filme?"

"Agora estou entendendo."

Passamos o resto do dia ensaiando.

A carta de Joana, enviada de Paris, em junho, começava dizendo que estava morrendo de saudades. Aqui estão festejando o centenário de Proust, com exposições especiais de revistas e outras milongas, dizia ela. Descrevo tudo o que tenho visto. Retrato: um homem de olhos suaves, perto da mãe e do irmão. O irmão à vontade, recostado no espaldar da cadeira; a mãe sentada, rosto severo, uma mulher de lábios finos, fazendo com a mão um gesto que poderia ser obsceno. (Não sei se a carta de Joana tinha de fato a referência ao gesto obsceno; talvez essa impressão seja minha, ao olhar o retrato no álbum.)

Ilustração de Phillipe Julian: Marcel chegando a um restaurante ou outro lugar elegante, entregando ao porteiro a cartola e a bengala, envolto num cachecol, uma espécie de boá longo. Atrás dele, uma mulher de chapéu de plumas, num vestido rico, comprido, de soirée, aparentando entre 45 e 50 anos, observa o escritor através de um pince-nez seguro na mão direita. (Estarei misturando minhas impressões com as de Joana?)

Cocteau, depoimento: *Proust nous reçoit sur son lit, habillé, colleté, cravaté, terrifié par la crainte d'un parfum, d'un soufle, d'une fenêtre entr'ouverte, d'un rayon de soleil.*

Proust soldado, em Orléans, 1890, pezinho virado. Proust de mão no queixo. Pierre, um garoto daqui, me disse que essa é clássica. (Esse Pierre era um francês que Joana encontrou pela primeira vez na Square du Vert-Galant, no meio dos vagabundos, artistas e turistas que frequentavam o local; ele me chamou a atenção, dizia Joana, pois falava muito alto e arrancou o violão das mãos de uma moça e começou a cantar e dançar no meio das pessoas.) Proust e a flor na lapela. (Mas a foto que mais impressionou Joana foi a última que tiraram dele. Proust havia ido assistir a uma exposição de pintura holandesa, no Jeu de Paume. Queria ver, mais uma vez, naqueles últimos dias que lhe restavam, a *Vue de Delft*, de Vermeer, seu pintor favorito. Joana ficou impressionada com aquele homem de olheiras, doente, flácido, fingindo um ar varonil, respeitável, comportado, emaciado, colarinho alto, nada do ascetismo de que fala Lacretelle, um retrato lamentável, que *Les Nouvelles Litteraires*, samedi, 25 de novembre 1922, uma semana depois de Proust ter morrido, não teve coragem de publicar, preferindo a clássica iconografia da mão no queixo.)

Você está dormindo com alguém mais bonita e inteligente do que eu? Duvido, as mulheres inteligentes que estão aí são um lixo e as bonitas são a mesma coisa. Não encontrei um francês que gostasse de andar como você. (Diariamente Joana saía do hotel, atravessava a Pont des Arts — ela morava na Rive Gauche —, ia para as Tuileries e caminhava pelos Champs-Elysées até o Arc du Triomphe, avenue Marechal Foch e afinal o Bois de Boulogne, onde ficava vendo o verde das árvores.) Minha bunda está ficando dura como uma pedra e minhas pernas grossas de tanto andar, não é assim que você gosta? Vem, vem, vem — você precisa de dinheiro? (Era assim que ela terminava as cartas, sempre.)

Respondi:

Proust não me interessa. Muito obrigado pela sua carta, querida mme. de Sévigné. Estou nadando em dinheiro e já cansei de Paris. Também estou com saudades, por que você não volta?

> *Os contrastes salvam da monotonia a vida dos debochados* (débauchées).

Outras coisas prendiam a imaginação de Joana em suas cartas: no strip-tease de Pigalle uma negra alta escapa da melancolia geral; ela está nua, apenas com um cache-sexe idiota que mais parece um emplastro medicinal. Pisa o palco com nobreza, cumpre a sua obrigação e, quando termina, as pessoas presentes — casais de meia-idade, alguns poucos jovens turistas —, todos, sem saber por que, batem palmas respeitosas e a negra sorri, um sorriso enrustido de quem parece dizer: vocês não têm culpa de estarem aqui, neste lugar infeliz, nem eu, nada temos a ver com isto, apenas gastamos a nossa vida, muito obrigada.

No café de Cluny (coin St. Germain — St. Michel) um sujeito mastigava uma banana: contei vinte mastigadas para cada garfada de banana, era um sujeito organizado na maneira de cortar a banana, usando garfo e faca: cortava, pousava a faca, colocava o pedaço de banana na boca, pousava o garfo, mastigava, mastigava, mastigava. Moreno, podia ser francês mesmo, ou da Tunísia, Costa Rica, Brasil, Cuba. Carregava uma pasta preta. Devia estar fazendo doutorado na Sorbonne. Um homem jovem, que um dia seria ministro, ou coisa parecida, no seu país. Do jeito que ele mastigava bananas posso garantir que o dia em que isso acontecesse o país dele estaria fodido.

Era verão, mas fazia muito frio naquele ano em Paris. Joana ficava dentro dos museus e acabou se apaixonando pelo *Banho turco* de Ingres. Você sabe, dizia ela, eu quero fazer coisas de vanguarda, como você; o lixo clássico dos museus não me interessa, mas tive uma vontade irresistível de pintar também o "meu" *Banho turco,* como Picasso fez. (Joana talvez não soubesse que outros, além de Picasso, como Rauschenberg, Mlynarcik, Man Ray, Pounders, também prestaram sua homenagem a Ingres.) Joana ficou dias e dias em frente do quadro, *vendo.* Tenho aqui uma reprodução:

As Quatro Mulheres de Braços Levantados, espalhadas pela tela e, entre elas, principalmente a que fica à direita do observador, uma barriguda sem cabelos no púbis, com um colar de ouro no pescoço, boca carmesim, cabelos ruivos, um ar bovino de imbecil superalimentada ou drogada, enfim, uma fêmea polpuda, admirável.

As Duas Mulheres Abraçadas; uma tem cabelos castanhos, usa na cabeça um fez ornado de pedras vermelhas e verdes, nela se destacando o rosto aristocrático, inteligente, tranquilo, e a mão esquerda, mão possessiva, dominadora, sádica, agarrando com firmeza o seio da outra mulher. A Mulher de Fez transmite uma aura de prontidão: alguém que sabe o que deve fazer e aguarda o momento certo. A outra, a Mulher de Seio Espremido, é um ser voluptuoso, de olhos amendoados e a placidez de quem acabou de ter um longo orgasmo; as duas mulheres observam uma terceira que toca um instrumento de cordas, provavelmente um bandolim. (Joana acreditava ser esse quadro uma das poucas produções eróticas da arte visual ocidental.) Ingres jogou a luz nas costas da Mulher do Bandolim. Eu joguei no seio e na mão. Trabalhei o quadro este mês inteiro. Deixei aparecer o interior e o avesso, do seio e da mão, o osso e o tecido glandular, cartilagens diáfanas, finos vasos sanguíneos, linfas douradas, tudo luminoso, transparente, embricado, superposto. Em volta apenas se pressentem os olhos das outras mulheres. Um clima sinistro, misterioso, excitante. (O quadro acabou não sendo tão bom quanto a literatura de Joana.) E você? Está amando alguém?

Respondi:

Não aguento mais de saudades de você. Nada de importante acontece aí nesse velho deserto. Você já viu a tumba bordeaux de Napoleão nos Inválidos? É de morrer de rir. Volta logo, sua puta.

8

Matos convida Vilela para jantar.

São vinte pessoas.

Vilela evita ficar a sós com Matos, escapa de vários ardis.

Ao se despedirem, na porta, Matos diz: "Quando eu quiser — veja bem: eu direi quando — você me mostra o que Morel está escrevendo".

"Vamos ver essa hora."

"Você vai ver."

Os dois homens conversam tranquilamente.

Matos tem um trunfo escondido.

Quinta-feira. Na penitenciária. Vilela diz a Morel para não mostrar o relato a Matos.

"Ele veio aqui mas não falou no assunto", diz Morel.

O Astúcia, pensa Vilela.

Vilela evita fazer perguntas a Morel. Detesta quebra-cabeças de peças marcadas.

Um toque rápido de campainha.

Elisa parada na porta.

"A casa é sua", eu disse, fazendo um gesto convidativo.

Elisa entrou.

"O professor Khaiub já chegou?"

"Ainda não, mas não deve demorar."

Elisa ficou de pé observando os quadros da sala.

"O Vassarely é original, comprei em Paris uns anos atrás; os outros são reproduções. Prefiro a reprodução do trabalho de um artista que eu goste do que um original medíocre. É claro que os snobs não pensam assim. Para os snobs, a pintura, como tudo mais, é um símbolo de status."

Elisa olhando as paredes: "Alechinsky?".

"Você gosta mesmo de pintura?"

"Que artista cruel, o Man Ray", disse Elisa, fingindo ignorar a minha pergunta. "E ele chama isso de *Cadeau*..."

Estava surpreendido com Elisa. O *Cadeau*, de Man Ray, era conhecido, mas o Alechinsky era uma reprodução que eu mesmo havia feito.

"Eu mesmo fiz essa reprodução."

"Estão muito boas", condescendeu Elisa. "Eu imagino que todas essas fotos também são suas."

"São."

"Nem uma criança, um homem, um animal, um objeto — só mulheres...", disse Elisa.

"Eu gostaria que você me deixasse fazer uma foto sua."

"Você já me disse isso."

"Um close preto e branco, o rosto cru, todo o canibalismo do seu rosto."

Elisa deu uma gargalhada. Eu estava chegando perto dela. Ninguém resiste ouvir falar de si.

"Fale mais", disse Elisa.

A campainha tocou.

Era Khaiub. Estava todo de negro. Caminhou até onde estava Elisa e, depois de olhá-la fixamente nos olhos, durante algum tempo, disse com voz profunda: "Tenho pouco tempo".

Sentamos.

"Escreva neste papel hora, dia, mês e ano do seu nascimento", disse Khaiub.

"A hora eu não sei."

"Dia, mês e ano, então."

Elisa escreveu e Khaiub guardou o papel no bolso.

"Professor, eu não duvido dos seus poderes, mas apenas com esses dados o senhor está em condições de descobrir o meu futuro?"

"Minha senhora, há milhares de anos, quando saiu da Mesopotâmia e foi para a Grécia, onde recebeu os seus fundamentos científicos, a astrologia tem como objetivo descobrir verdades que unam a humanidade e elevem o indivíduo acima das suas preocupações egoístas. Não sou um cigano ambulante que se aproveita da credulidade das pessoas. Meus estudos são baseados em Kepler, Copérnico, Brahe..."

"Quer dizer que o senhor é um cientista?", perguntou Elisa, uma ponta de ironia na voz.

"De certa maneira", respondeu Khaiub.

"O senhor não vai ler a minha mão?"

"Tricassus Mantuanos enumera oitenta variedades de mãos. Porém, acredito, como Corveus, que elas são apenas setenta", disse Khaiub segurando na mão de Elisa.

Durante algum tempo Khaiub ficou olhando a mão de Elisa.

"Caridade misturada com impulsos voluptuosos e alta dose de orgulho estão aqui, nos montes de Vênus e Júpiter... Saturno mostra prudência, sabedoria, boa fortuna, mas o monte de Mercúrio indica preguiça e também ambição pelos ganhos... Vejo ainda em Sol e Marte o sucesso, a audácia, junto com uma inesperada timidez... Uma grande sensibilidade..."

Elisa ouvia tudo sem dizer palavra.

Khaiub apertou as frontes com as duas mãos. Não se pareciam com as que eu havia descrito para Elisa, eram finas, sem pelos, frágeis. Mas talvez Elisa não se lembrasse mais do que eu havia dito.

> *Não tenho esperanças no futuro de nosso país. Nossa juventude é insuportável, sem educação, terrível.*
>
> *Hesíodo, 720 a.C.*

"Existem mais de cem marcas que podem ser lidas nas mãos", disse Khaiub. "Aqui, na falangeta do seu indicador, está a marca do idealismo... na falange do anular, o amor pela verdade... na falanginha do mínimo, a prudência..."

Elisa continuava em silêncio.

"Vejo uma longa vida... O amor percorre caminhos atribulados e afinal encontra a sua realização... Isto está acontecendo ou irá acontecer dentro em breve... A senhora não ama o seu marido... Mas continuará com ele... são amigos... O homem que está surgindo na sua vida..."

"Sim...?"

"Meu tempo acabou...", disse Khaiub, parecendo ouvir uma convocação interior... "outro dia..."

Zé levantou-se e saiu correndo da sala.

Elisa começou a rir.

"Você é um idiota", disse Elisa.

"Por quê?"

"Porque pensa que *os outros* são idiotas."

"Não estou entendendo."

Elisa pegou a bolsa e antes de sair disse, irônica, "desta vez não deu certo".

Eu não disse uma palavra, não fiz um gesto para impedir que ela fosse.

Fiquei bebendo cerveja e depois fui para a cama. Quando Elisa ficar velha ela vai sofrer muito, pensei com satisfação. Resolvi saborear a minha longa vingança: a Grande Dama envelhecendo, as pernas afinando, enquanto aumentava a rotunda flacidez abdominal; Elisa perde o equilíbrio e desaba na rua de pernas para o ar; vejo cair o cabelo ralo e seco pelo uso da tintura e surgirem rugas, queixo duplo, sebo nos seios, olhos empapuçados, burrice, medo, rancor, inveja, desespero, mesquinhez, mofo no hálito; ovário avariado; a enfermeira tira a dentadura de Elisa com medo de que ela a engula, na infecta cama do hospital de velhos; a catarata não a deixa mais ver os antigos retratos gloriosos; a memória de Elisa dói de maneira insuportável e ela sente frio nos pés.

Dormi satisfeito.

Tempo.

No mês de setembro, dois acontecimentos importantes: ganhei um prêmio na Bienal, com *Conexão*, e Joana voltou de Paris. Logo que a notícia saiu nos jornais comecei a receber telefonemas de marchands e pessoas interessadas nos trabalhos que eu fazia. Nada disso, porém, teria influência na minha vida. A volta de Joana, isso sim, virou minha vida pelo avesso. Mas eu nem sequer suspeitava do que ia acontecer.

Magalhães telefonou.

"*Vênus R. B.* está te esperando."

"Eu não quero mais fazer coisas de encomenda. Chega de fotografia de cerveja."

"Paul", disse Magalhães, dramaticamente, "eu dou toda a liberdade para você fazer o que quiser. O mundo só pensa em sexo, tudo é sexo, regime para emagrecer, cirurgia plástica, cosméticos, moda, cultura, religião, política, poder, ciência, arte, comunicação, está tudo a serviço do sexo!"

"E o que tenho eu com isso?"

"Eu pago bem. Vai me dizer que você não precisa de dinheiro?"

"Não preciso não." Tive vontade de dizer: enfia o dinheiro...

"Vou pagar a você como se estivesse pagando ao Picasso. Um bocado de grana."

"Enfia o dinheiro no cu", afinal eu disse.

"Pronto: zangou-se", respondeu Magalhães, rindo.

Depois de meia hora ele acabou me convencendo.

Na literatura o pênis é sempre comparado a um instrumento de agressão. Comecei a imaginar a primeira ilustração para *Vênus R. B.* Um pênis que fosse ao mesmo tempo clava, lança, espada, cacete (bordão), pau (árvore), aríete.

A vagina: gruta, nicho, concha, flor, ninho.

Numa tarde apenas, desenhei a vagina. Uma flor (não figurativa) com um fulcro negro no centro, contendo todas as indicações indiretas de suas possíveis plenitudes. A flor tinha movimento, tensão, ritmo.

> *Suspeito que o universo não é apenas mais estranho do que supomos: é mais estranho do que somos capazes de supor.*

O pênis acabou ficando assim: uma espécie de trave-êmbolo — pistão-verga, tendo num dos extremos uma massa que parecia ao mesmo tempo um diamante, facies de um ser humano e uma glande; o outro extremo terminava numa engrenagem, de molas, eixos, embreagens, cavilhas.

A função real da arte, mais do que exprimir sentimento, é transmitir compreensão.

Fiz ainda: ânus, mares de sêmen, seios. O mundo não queria sexo? Um dos ânus era o globo terrestre. Isso era misturado com cruzes, cifrões, triângulos e outros símbolos.

Estava trabalhando quando a campainha tocou.

Era Joana. Estava linda, sorrindo alegremente. Carregava duas malas e uma bolsa grande.

"Posso ficar aqui alguns dias?", perguntou, depois dos beijos e abraços.

"E a tua casa? Também venderam a tua casa?", brinquei.

"Não quero ir para casa. Quero morar longe da minha família. Se eu voltar para casa, não saio mais, fico presa na engrenagem."

A ideia não me agradou muito.

"Prometo que não demoro muitos dias. Só até arranjar um apartamento."

Enquanto Joana abria as malas, conversamos sobre o meu prêmio da Bienal, Paris, Rio, a arte contemporânea, o trânsito, comida etc.

"Em Paris a moda não é mais a hiper-figuration, a art conceptuel, a art d'attitude. É a trans-figuration, uma coisa parecida com o que você fazia há séculos. Bacana mesmo é o que os austríacos estão fazendo. A Documenta, de Kassel, vai reformular tudo."

Fiquei calado. Sentia raiva e inveja desses sujeitos que tinham uma dose de cretinice e idealismo suficiente para continuar tentando tudo, inclusive *acabar* com a arte.

Joana tirou da mala uma calça de veludo. Da bolsa tirou uma garrafa de vinho tinto. "Isto aqui é para você. Chateau-Lafite."

Joana me pediu que experimentasse a calça. Estava perfeita.

"Sabe o que eu fiz para escolher a calça? Eu não sabia o seu número, mas havia um rapaz na loja, eu o abracei, senti o corpo dele, corri as mãos pelos seus quadris e disse: dois centímetros menos na cintura."

"Depravada."

"O lojista ficou tão assustado que nem respirava."

"Você estava com saudades minhas?", perguntei.

"Morrendo."

"Então tira essa roupa", eu disse me despindo.

"Que coisa linda! Você deixa eu fazer um modelinho dele, durinho, em ouro, para carregar no pescoço?"

Ela riu com a boca fechada, como as pessoas que não têm um dente na frente. Depois abriu a boca e os dentes surgiram como um jato de luz no seu rosto moreno.

Na cama.

"Quero que você passe essa coisa linda na minha nuca, depois no meu sovaco, depois na dobra da minha perna, depois...", disse Joana.

Não bati em Joana. Amei-a delicadamente, sem violência.

Joana, enquanto fazia café: "Por que você não deixa eu ficar aqui? Até a gente enjoar?".

"E os teus pais? O que vai dizer Sua Excelência, o embaixador?"

"Não interessa o embaixador. Eu sou maior, tenho vinte e um anos..."

"Vinte."

"Faço vinte e um na semana que vem."

"Está ficando velha..."

"Deixa... Eu tomo conta de você, arrumo a casa. Ensino você a pintar..."

"Eu preciso mesmo de alguém que me ensine a pintar" (esgoto).

"Então você concorda?"

"Não, não tenho mais saco para viver com uma mulher apenas, novamente."

"Não precisa ser uma única mulher. Você pode viver com quantas mulheres quiser, desde que eu seja uma delas."

"Você está falando sério?"

Joana me fitou um longo tempo. Depois olhou as próprias mãos, como se estivesse examinando as unhas.

"Estou."

Fiquei imaginando: eu vivendo, na mesma casa, com várias mulheres. Quanto mais eu pensava, mais a ideia me agradava.

"Como se fosse uma família", eu disse.

"Como se fosse um harém." Joana não parecia tão entusiasmada com a ideia quanto eu.

"Não", insisti, "uma família."

"Está bem. Uma família."

Eu morava numa enorme casa velha, em Santa Teresa. Sempre gostei de casas grandes. Talvez para compensar o período esquálido em que toda a minha família morava num sobrado, com dois cômodos, em cima da loja do meu pai. Ou então saudade da casa de minha infância. Ou as duas coisas.

Joana foi tirar as roupas da mala. Ela ia ficar num quarto de onde se via a cidade: uma massa de blocos de cimento armado, ao longe.

"Já sei quem serão as mulheres de nossa família", eu disse.

"Quem?"

"Carmem, Ismênia e Lígia."

"Não conheço..."

"Carmem é um modelo; Ismênia é pintora; Lígia... não sei bem o que ela é..."

"Essa é que vai ser nossa família?"

"Estou pensando também em Elisa..."

"Cinco então?"

"...Elisa Gonçalves..."

"Elisa Gonçalves? Essa não!"

"Por que não?"

"Você quer que a sua *família* saia nas colunas sociais?"

"E as outras? Você tem alguma coisa contra as outras?"

"Não. Nem contra nem a favor."

Comprei uma aliança de ouro para Joana. Mandei gravar dentro: *Paul ama Joana.*

9

Vilela telefona para Dulce.

“Vamos sair?”

“Você acha que vale a pena?”

“Precisamos conversar.”

“Ainda há algo a dizer?”

Jantam em silêncio.

“Hoje faz seis meses que você disse que me amava. Você lembra o que eu fiz?”, pergunta Dulce.

“Lembro.”

“O que foi?”

“Você beijou minha mão”, diz Vilela.

“Por que eu fiz isso?”

“Eu te amo”, diz Vilela.

Dulce não responde. Seu rosto pálido, imóvel, não exprime qualquer emoção.

Chegam na quarta boîte um pouco antes do sol raiar.

"Muito bem, uma noite inteira comigo. Meus parabéns", diz Dulce.

Vilela pede chá com torradas. O maître desculpa-se, mas não tem chá na boîte. Vilela escolhe uma sopa. Dulce vai ao banheiro.

Um homem de branco, gravata preta, na mesa ao lado, após acompanhar Dulce com o olhar, inclina-se, segura a mão de Vilela: "Permita que lhe diga, com respeito e consideração, essa é a mulher mais linda que já vi em toda a minha vida".

É um homem de setenta anos, de longos cabelos brancos ondeados e mão quente. Ao seu lado uma mulher de idade indefinível, de cabelos pintados de louro.

"Dançaremos um tango em sua homenagem", diz o velho.

Dulce volta. Nesse instante, a sopa é servida, o casal de velhos se levanta, o homem grita para o pianista, que dirige o pequeno conjunto de três elementos. "Um tango!"

O tango é dançado com todos os seus rebuscados floreios. Dulce não presta atenção ao que está acontecendo. "Ele foi um médico famoso, um grande cirurgião", explica o garçom.

O médico e a mulher voltam para a sua mesa.

"Muito bem", Vilela cumprimenta o médico.

"Um magnífico exercício, ótimo para a saúde", o médico, ofegante.

Saem.

Dulce na porta de casa antes de entrar: "Estou cansada de ser a mulher de sua vida, enquanto você continua casado com outra mulher, que além de tudo não te ama".

Dentro do carro, na avenida Atlântica, Vilela espera o dia raiar. Ele está cansado, mas não quer ir para o novo apartamento onde mora. Quando o bar em frente abre, às dez horas, Vilela ocupa uma das mesas da calçada e bebe cerveja. As pessoas que passam, em direção à praia, são feias e tristes. Uma mulher sardenta, carregando uma menina no colo, pede "o senhor quer me ajudar? Esta menina não pode ver batata frita". A menina geme, confirmando.

Vilela dá dinheiro à mulher.

"Onde é que a senhora mora?"

"Em Caxias, venho aqui só para arranjar dinheiro", ela responde, com candura.

Numa mesa próxima um homem come linguiça e bebe chope. Ele e Vilela são as únicas pessoas solitárias no bar.

"Essas mulheres são umas vigaristas", diz o homem, "o senhor conhece aquela dona que fica na rua do Ouvidor, com um menino no colo o dia inteiro? O menino é alugado, a mulher carrega ele no colo para enganar os bobos."

Vilela não responde. Paga a despesa e volta para o automóvel. Ele gosta de ficar isolado em seu carro, dirigindo livremente pelas estradas. Repassa a sua vida. Quase cinquenta anos, dois casamentos fracassados, uma amante nova que não o ama mais.

À noite, ao chegar em sua casa, vê os operários nordestinos (que trabalham na conclusão do edifício e dormem na garagem enorme) portando porretes, paus, barras de ferro e outros instrumentos contundentes. Um deles (são oito), que parece comandar o grupo, está espiando por baixo de um carro.

"Está aqui", diz ele.

"O que é?", pergunta Vilela.

"Um gato", respondem.

Vilela está com pressa. Quer telefonar para Dulce.

"Lá vai ele", gritam. O gato corre todo arrepiado. Um pedaço de pau é jogado nas costas do animal, uma pá bate violentamente no seu corpo. Sente-se o entusiasmo, a alegria dos homens, perseguindo o gato.

Tenho que telefonar para Dulce, pensa Vilela.

Dulce atende, apática.

"Vamos conversar", diz Vilela.

"Não há mais o que conversar..." Dulce, com tristeza na voz.

"Então, adeus", diz Vilela. É um homem orgulhoso, que só gosta de quem gosta dele.

Vilela desce. A garagem está em silêncio, os operários dormem em suas redes. Vilela encontra o gato na lixeira, os olhos abertos, brilhando na penumbra, o corpo frio. Se fosse uma pessoa eu também a abandonaria para telefonar para Dulce; o amor é isso — pensa Vilela.

Dulce. O cabelo dela é negro, mas brilha em volta de sua cabeça como uma tocha de fogo.

Foi muito desesperante o primeiro encontro. Ele não queria as coisas instantâneas, queria que não tivessem fim — a intrusão, a paixão, a entrega, o fundo.

Levou-a para o banheiro e acendeu o aparelho de gás (defeituoso, mas não sabia). Tomaram banho quente juntos e tão logo achou que havia vencido sua surpreendente inibição, deitou-a, para não perder tempo, no chão frio de ladrilhos. O olhar assustado dela tentava entender o que estava acontecendo. Nada aconteceu, com exceção do chuveiro, que caiu estrondosamente na banheira, ao mesmo tempo que um jato fervente de água escapava do cano da parede.

Muito frustrante.

Vilela de volta ao apartamento vazio adormece, sentado numa poltrona. De madrugada acorda, vai para a cama, porém não consegue dormir novamente. Assiste, impaciente, a noite findar, tem vontade de beber, resiste ao impulso. Lembra-se do tempo em que, quando tinha insônia, ia para a máquina escrever. Dois anos haviam passado, desde que escrevera o seu último livro. Agora, só produzia, com enorme esforço, pequenas peças de encomenda, cuja publicação em revistas o deixavam deprimido. Estou vazio, pensa Vilela, recordando-se logo que Morel havia dito a mesma coisa. Tenho estado vazio a vida toda. Vilela levanta-se, vai ao banheiro. Toma banho, faz a barba; esses gestos o integram novamente no mundo. Passa a manhã escrevendo um artigo sobre violência — citação: "Quem de fato cometeu o assassinato é questão sem importância. A psicologia apenas se preocupa em saber quem o desejava emocionalmente e quem acolheu com agrado o seu cometimento. Dessa forma todos os irmãos (da família Karamazov e da família humana) são na realidade culpados". Depois vai à agência especializada em empregos de modelos, onde obtém as informações que procura.

Ao sair da agência encontra o sr. Gonçalves Silva, que escreve ensaios eruditos sobre literatura inglesa.

"Você acredita que Shelley, ao escrever 'Sometimes the Devil is a gentleman', teria plagiado Shakespeare, que escreveu 'The Prince of Darkness is a gentleman'?"

O diabo não é uma boa figura para ser examinada com Gonçalves Silva.

"Creio que Shelley estava corrigindo Shakespeare."

Gonçalves fez uma cara pensativa: literatura inglesa é coisa séria, é preciso refletir.

Vilela se despede antes que Gonçalves possa prosseguir, entrando às pressas num táxi.

10

"Você teve alguma dificuldade?"

"Nenhuma. Procurei o inspetor Rangel, como você mandou. Ele me levou até a cela do Morel."

"Ele lhe deu alguma coisa?"

Hilda tira de dentro da bolsa folhas de papel dobrado.

"Como foi tudo?"

"Eu cheguei lá e disse que trabalhava com você. Você é Hilda, ele me disse."

"O que mais?"

"Fiquei muito deprimida, vendo aquela criatura presa... Eu fazia outra ideia dele..."

"Como?"

"Eu... esperava uma pessoa debochada... um rosto cínico... Acho que é por causa das coisas que ele escreve..."

"As palavras..."

"Ele olhou para o meu corpo... de uma maneira... melancólica... Eu fiquei muito perturbada, não por ele me olhar, pelo resto, nunca havia estado em uma prisão, junto de uma pessoa presa..."

"Fale mais dele."

"Ele estava muito triste e, não sei como explicar, parecia me puxar para perto dele, ele estava quieto, mal se mexeu o tempo todo em que estive lá, mas mesmo assim era como se dentro dele houvesse uma armadilha e a qualquer momento ele... fosse..."

"Atacar?"

"Não, me abraçar, mas não sei que espécie de abraço... Ou talvez eu é que quisesse abraçar ele." Hilda ri. "Que horror!..."

Lúcido e cansado, acordei tendo uma daquelas revelações imbecis que a ressaca dá.

Na véspera, na casa do editor Pedro Magalhães, uma noite de loucuras. Um sujeito havia escrito um livro chamado *Vênus R. B.* e Magalhães queria que eu ilustrasse o livro.

"O livro conta todas as perversões, sadismo, robofilia, bestialismo, fetichismo, necrofilia, parafernalismo, bissexualismo, gregarismo libidinoso."

"Nem sei o que é isso", eu disse.

O apartamento cheio de mulheres. Também alguns homens.

"O que é robofilia? E parafernalismo?", perguntei.

"Eu inventei apenas as palavras. As perversões já existiam."

Magalhães devia ter apertado uma campainha, pois surgiu uma negra alta, vestida de preto: "Traz Gretchen".

A negra voltou trazendo uma boneca de vinil, da altura dela.

"Você já comeu uma boneca dessas?", Magalhães perguntou.

"Não."

"Um número cada vez maior de pessoas anda comendo bonecas. Isso é robofilia. Uma palavra inventada por mim. Ela tem dois orifícios, como *as outras,* um na frente e outro atrás, forrados de matéria esponjosa muito macia." Magalhães segurou a boneca no colo. "Você gradua as dimensões dos orifícios, maior ou menor constrição. Alguns colocam lá dentro substâncias aquecidas, pode ser vaselina, leite condensado, sangue, visgo de jaca. Uma invenção da sociedade industrial."

"Interessante."

"Eu sou um moralista, quero atacar a hipocrisia, precisamos de mais perversão para moralizar o país. Que acha você dessa teoria?"

"Interessante", repeti. "O que é parafernalismo?"

Logo surgiu a negra. Parecia telepatia.

"Traga os instrumentos da mala preta."

A negra e a mala tinham a mesma cor profunda. Magalhães abriu a mala.

"Parafernalismo consiste no uso de instrumentos orgasmo-inducentes. Este vibrador", Magalhães mostrou um objeto de cerca de quinze centímetros de comprimento e cinco de largura, "é alimentado por pilhas de mercúrio. Quando ligado, a sua cabeça (glande) gira com uma velocidade maior que a de uma broca de dentista. Não há zona erógena feminina que resista à sua sofisticada tecnologia. Ele tem cabeças trocáveis, em quatro formatos diferentes. A cabeça Clássica, essa que você está vendo; a Flute, a Glossiana e a Paixão Roxa — é claro que são apenas denominações comerciais do produto."

"Interessante."

"Este pseudopênis", mostrou Magalhães, "é para ser usado como couraça de um pênis de carne-e-osso verdadeiro. Veja as saliências, os ressaltos, os esporões espalhados por sobre a sua superfície corrugada. Sua simples visão aterroriza. É capaz de causar prazeres horripilantes nas pessoas mais experimentadas e veteranas."

"Interessante." Que outra coisa eu podia dizer?

"Os anéis, olhe, você coloca em torno do pênis, que ao inchar fixa os aros, impedindo, ao mesmo tempo, que o sangue reflua do membro. Corre-se o risco de uma necrose. Mas antes um pau amputado do que mole. Esta caixinha é conhecida como Belle de Jour, não preciso dizer o que tem dentro dela, todo mundo sabe. Você ilustra o livro?"

"Deixe eu ler primeiro."

"Eu mando os originais para você."

"Hoje vai ter aqui gregarismo libidinoso?", perguntei.

Magalhães pensou um pouco.

"Você pode comer quem quiser, menos a minha mulher, que é aquela morena de verde, e a negra."

"Por que não posso comer a negra?"

"Eu tive uma infância muito pobre e via os outros meninos nos colos das babás. Eu não tinha mãe e pensava que ninguém tinha mãe, e que os felizes tinham babás. Por isso, quando fiquei rico, a primeira coisa que arranjei foi uma babá. Ela me dá banho, lê histórias para mim na cama e escolhe a minha roupa, me veste. Nossa relação contém uma alta dose de erotismo reprimido. Reprimido, entendeu? Ela é virgem, diga-se de passagem."

"E você está feliz, agora que tem babá?"

Portanto, é a justiça de Deus que nos julga e nos salva. E essas palavras tornaram-se uma suave mensagem para mim.

Este conhecimento me foi dado pelo Espírito Santo, na privada desta torre.

"Não completamente. Mas um dia chego lá."

"Posso usar qualquer quarto?"

"Pode. Usa o meu. É todo forrado de espelhos, cetim, aparelhos de som, fotos e estátuas de gente nua, uma mistura de bordel de Macau, lupanar romano e Sears Roebuck."

Não consegui entrar no quarto de Magalhães. Fui para outro, com uma garota que me disse:

"Você é um exemplo típico da nossa cultura. Uma pessoa que teve todas as oportunidades na vida e chega na idade adulta sendo o quê?"

"Não sei. Você me diz."

"Uma pessoa incapaz de um pensamento original, um único, apenas um."

"Isso é a pura verdade", eu disse.

"Você pode ser médico, advogado, engenheiro, economista, arquiteto. Até mesmo dentista. Pode ser banqueiro ou padre ou jornalista. Mas não tem a menor capacidade de examinar ou entender coisas fundamentais como justiça, moral, beleza, amor, verdade."

"Você tem toda razão."

"Você está me gozando? Como é o seu nome?"

"Não estou gozando nada. Meu nome é Paul Morel."

"O artista... Mas é cretino como os outros. Garanto que você vive com medo de perder a virilidade."

"Eu vou tirar a roupa. Como é que você se chama?", perguntei.

"Não interessa o meu nome. Você apenas quer me usar e jogar fora."

"Vou te chamar de Kate", eu disse.

> *Isto é assim porque nossa sociedade, como todas as outras civilizações, é um patriarcado. O fato torna-se evidente desde logo se for lembrado que as forças armadas, indústria, tecnologia, universidades, ciência, política, finanças, em resumo, todo caminho para o poder dentro da sociedade, incluindo a força coerciva da polícia, está inteiramente nas mãos dos homens.*

"Por que você também não me usa e joga fora?", perguntei.

"Eu desconfio muito dessas figurinhas que falam macio como você."

"Sim, mas isso não impede que você tire a roupa. Eu não vou fazer nada com você, só vou te foder."

"Quer me ajudar?", disse Kate virando as costas para mim.

Abri o fecho do vestido. Kate tirou o vestido pelas pernas. Estava só de calcinhas.

"Você tem um peito bonito." Tinha mesmo.

Nesse momento bateram na porta.

Abri uma fresta.

Um sujeito careca, magro, muito pálido, apenas de sunga. Duas mulheres com ele.

"Ei, companheiro, tem uma vaguinha aí?"

"Vaguinha?", perguntei.

"Os quartos estão todos cheios. O único lugar que ainda tem para fazer umas piruetas é aí", ele disse, olhando pela fresta para dentro do quarto.

"Por que você não vai fazer umas piruetas na sala?"

"As salas estão ainda mais cheias", disse uma das moças.

"Deixa a gente entrar, deixa", disse a outra. "Vamos fazer uma surubinha legal."

"Só falando com a Kate."

"Ela não gosta?", perguntou o homem.

"Ela nunca fez", eu disse.

"Uma ova que eu não fiz!", gritou Kate.

"Está bem, entra todo mundo", eu disse.

Os três entraram.

"Esta aqui é Kate. Eu sou Paul."

"Meu nome é Guilherme. O nome dessa é... é..."

"Mônica."

"...e esta é..."

"Diana."

"Alguém está comendo aquela negra?", perguntei.

"Que negra?", disse Guilherme.

"Aquela negrona grande de preto. O nome dela deve ser Lurdes." (Carregando a bandeja de prata.)

Nada temos a temer.
Exceto as palavras.

"Não vi", disse Guilherme.

O negócio chato em suruba é que você acaba sempre comendo quem não quer.

"Hoje não vou comer ninguém, quem quiser pode ir para a cama", eu disse deitado no chão. O chão era forrado por um tapete macio.

Guilherme deitou na cama abraçado com Mônica.

Kate sentou-se numa cadeira.

Diana deitou-se ao meu lado.

"A Mônica é a sua amiga?", perguntei.

"Somos conhecidas."

"Como foi que vocês vieram parar aqui?"

"Ouvimos falar que ia haver um embalo ouriçado e viemos. Você não quer nada mesmo?"

Enquanto isso Guilherme comia Mônica. Fiquei olhando um pouco, mas não achei a menor graça. Positivamente, eu não era um voyeur.

"Que tal um sessenta e nove vertical?", perguntou Diana.

"Hoje não, estou muito cansado", respondi.

"Quer ver eu levantar isso?", perguntou Diana.

"Quero."

Diana estava vestida. Pensei que ela ia começar tirando a roupa. Não. Pensei que ia começar pela felação. Começou beijando os meus olhos. Depois nas orelhas. Diana usava os lábios, os dentes bem de leve, e a língua. Desceu pelo pescoço até chegar ao meu peito.

Olhei na direção de Kate, na cadeira.

Descobri que eu não gostava de ver os outros, mas gostava que os outros me vissem. Gostava também de falar dessas coisas.

A boca de Diana estava na minha barriga. Eu já apresentava uma ereção completa. Sua língua rápida pulou para minha perna, a coxa, depois os joelhos. Meu corpo se encrespou todo.

Ouvi os gemidos de Mônica na cama.

Kate, na cadeira, começou a se masturbar.

"Deita aqui", eu disse para Kate.

Kate deitou-se ao meu lado. Sua boca procurou a minha. Enquanto isso a língua de Diana deslizava entre os dedos dos meus pés. Aquilo me deixou arrepiado. Diana enfiou o dedo grande de meu pé na sua boca. Kate segurou o meu pau. Senti a língua de Diana, subindo. Os dedos da mão de Kate também eram lambidos. A boca de Diana me envolvia. Sentia a mucosa, o cuspe, o calor.

"Para um pouco", pedi, "não estou aguentando."

Diana tirou rapidamente a roupa e com as costas voltadas para mim pôs-se de cócoras sobre o meu corpo, segurando as minhas canelas, e desceu o tronco lentamente. Por uns momentos eu vi o seu pequeno esfíncter rosado entre as duas massas glúteas. Observei o meu pau entranhando. A cintura estreita e o dorso magro de Diana contrastavam com as suas pernas grossas.

Mônica levantou-se da cama perguntando "onde fica o banheiro dessa casa?".

Diana, sem sair de mim, girou o corpo e ficou cara a cara comigo. Apoiando os joelhos no chão ela se mexia compassadamente enquanto dava um gemido fino.

"Agora vem você por cima", disse Diana.

Kate continuava ao nosso lado.

Quando Diana saiu de cima de mim, eu virei sobre Kate, entrei nela. "Hei!", protestou Diana.

> *...Transformou-se em um Latah tentando aperfeiçoar o* POA. *Processo de Obediência Automática. Um mártir da indústria... (Sadios, a não ser por isso, os Latah imitam compulsivamente todo movimento para o qual sua atenção é despertada com um estalo dos dedos ou uma chamada in-*

cisiva. Eles às vezes se ferem tentando imitar os movimentos de várias pessoas ao mesmo tempo.)

Mônica, que continuava no quarto, abraçou-se com Diana, procurando uma posição em que as duas bocetas se roçassem.

Guilherme estava na cama de olhos fechados. Talvez estivesse dormindo.

Diana e Mônica falavam excitadamente, entre os beijos que trocavam.

Esses acontecimentos duraram algum tempo até que terminaram, como sempre, em cansaço e desinteresse.

"Onde é o banheiro dessa casa?", perguntou Kate.

"Vamos procurar. Hei, Guilherme, você vem?"

Guilherme não respondeu. Estava dormindo profundamente.

"Ele já chegou aqui alto", disse Mônica.

"A gente deixa ele aí", disse Kate.

"Espera que eu vou apanhar meu óvulo de dexametazona com diedohidroxiquina e cloreto de benzalcônio. Eu não deixo de usar isso nunca, depois de me lavar", disse Mônica.

"Me arranja um", disse Kate.

"Eu também quero", disse Diana.

"A água está cheia de germes", disse Mônica apanhando os óvulos na bolsa.

"E os homens também", concluiu Kate.

Quando saímos, Kate trancou a porta: "Assim ninguém mexe nas nossas coisas".

Na sala, uma meia dúzia de pessoas nuas, mas apenas dois estavam abraçados em um sofá. Os outros, descansando, conversando, dormindo.

Sobre um aparador, várias garrafas de uísque, gelo, soda e outras bebidas.

Preparei uma bebida para cada um de nós, e, de copo na mão, prosseguimos em busca do banheiro. Abrimos vários quartos cheios de gente nua.

De repente, a negra.

> *Who is not engaged in trying to impress, to leave a mark, to engrave his image on the others and the world? We wish to die leaving our imprints burned into the hearts of others. What would life be if there were no one to remember us when we are absent, to keep us alive when we are dead? And when we are dead, suddenly or gradually, our presence, scattered in ten or ten thousand hearts, will fade and disappear. How many candles in how many hearts? Of such stuff is our hope and our despair.*

"Depois eu encontro vocês", eu disse. Exit Diana, Kate e Mônica. "Alô", eu disse para a negra. Ela estava com o mesmo vestido preto longo.

"Nesta parte da casa o senhor não pode ficar assim."

Estávamos na cozinha. Eu, nu. Sobre a mesa uma garrafa e um copo. A negra estava bebendo sozinha.

"Por que não pode?"

"Ordens do doutor Magalhães."

O meu copo estava vazio.

"Você me dá licença?", peguei a garrafa, botei bebida no meu copo.

"Estou meio bêbado, e quando estou assim fico amável com as pessoas."

A negra não respondeu.

"Teu nome é Lurdes?"

"Não. É Rosário."

"Você está sozinha?" O fato de estar sozinha me deixava intrigado. Ela não respondeu, me olhando com os seus olhos amarelos quietos.

"Antes de você nascer, você era a minha babá. Não a dele."

Uma bola ou círculo amarelo com fundo castanho.

"Eu também quero ter a babá que perdi."

A cara negra parada.

"Ele, o Magalhães, nunca teve, sofre menos."

Estava sentindo um forte tesão pelas coisas bonitas da vida, o corpo das pessoas. Uma vontade de contatos físicos. Meu corpo e o dela juntos.

"Não faz isso comigo", continuei.

Enchi e esvaziei o meu copo várias vezes.

Rosário calada, sem tirar os olhos de mim.

"Não quero iniciar uma sequência erótica gratuita com você", eu disse.

Segurei a mão de Rosário.

Ela se deixou segurar, comportada e distante, como uma criança ante um amigo da família.

"Assim não é possível", eu disse.

Saí da cozinha. Não sei como cheguei em casa.

11

Vilela dá a Morel as folhas datilografadas por Hilda.

Morel termina a leitura. Estende-se no chão e começa as flexões.

"Você me espera chegar para começar a fazer as flexões?"

"Faço de hora em hora. Cinquenta vezes."

"Quantas horas?"

"Oito horas. Cinco vezes oito, quarenta: quatrocentas flexões."

"Daqui a pouco você passa o Pantera Negra."

"É isso que me mantém vivo, aqui dentro. As mil flexões. Chegar lá. Não é o livro. E você? O que te mantém vivo?" Morel olha Vilela do chão, uma veia em forma de V aparecendo em sua testa.

"É a primeira vez que você chama o que está escrevendo de livro."

"É mesmo?"

"Creio que sim. Mas eu não tenho a sua memória."

"Você não vai responder?"

"O quê?"

"Por que você continua vivo?"

"Porque quero."

"Considero esta resposta uma evasiva. E um cachorro? Por que se mantém vivo? Por que quer?"

"Eu não sou um cachorro."

Morel ri. Ri um longo tempo.

"Você escreveu alguma coisa?"

"Escrevi."

Morel dá os papéis a Vilela.

A primeira a ser escolhida para a nossa família, depois de Joana, foi Carmem.

Ela estava muito agressiva.

"Não estou agressiva, sou assim mesmo. Apenas me defendo."

"Eu queria conversar com você."

"Então conversa."

"Sim, mas você está tão áspera que até me constrange. Você sabe que sou um homem tímido."

Carmem riu.

"Se você fosse tímido, não se entregava tanto. Tímida sou eu, por isso é que me defendo."

"Por que você é tímida?"

"Ah!, se você tivesse levado a vida que eu levei..."

"Que vida?"

"Ah!, não vou contar a minha vida para você, é muito chata."

"Está bem. Se você não quer contar, não conta. Que tal se nós fôssemos almoçar?"

Fomos almoçar.

Comemos e bebemos muito.

"Eu já disse a você que tenho um filho, não disse?"

"Disse."

"Também já disse que o filho não tem pai, não disse?"

"Não me lembro dos detalhes."

"Você quer ouvir os detalhes?"

"Quero."

"Meu filho é filho do homem que é casado com a minha irmã."

Carmem parou de falar. Também fiquei calado.

"Minha irmã é a favor dele, contra mim. Ele queria ficar com as duas irmãs, dentro da mesma casa."

"Sua irmã aceitava essa situação?"

"Aceitava."

"E você? Não quis viver com os dois? Ou queria viver apenas com ele?"

"Eu o odiava. Só queria o meu filho. Ele me possuiu praticamente à força."

"À força?"

"Quase. Eu tenho uma cicatriz que ele me fez com uma faca."

"No dia em que te possuiu?"

"Não. Isso foi na segunda vez. Eu só fiquei com ele duas vezes."

"Ele te possuiu esfaqueada?"

"Foi, sangrando."

"O ferimento doía?"

"Doía."

"Você teve prazer?"

"Não."

"E tua irmã?"

"Ele batia nela. Mas no fundo ela não se incomodava com aquilo tudo."

"Que idade tem a tua irmã?"

"Trinta anos."

"E você."

"Vinte e três."

Carmem parou de falar. Ficou riscando a toalha da mesa com a faca.

"Cheguei a pedir a um sujeito para matar ele."

"Quem?"

"Um sujeito com quem eu andava. Polícia."

"Isso acontecia onde? No Rio?"

"Começou em Minas. Depois eu vim para o Rio, sem o meu filho. Foi quando quis matar o meu cunhado. Recorri à Justiça, mas o juiz me enganou. Ele disse que o meu filho ia ficar com os avós, meus pais. Mas um dia voltei lá, o garoto estava com o meu cunhado, na casa dele e da minha irmã."

"Você desistiu de matar o seu cunhado?"

"Minha irmã tem quatro filhos. Ela não pode sustentar os filhos sozinha."

"Você ainda o odeia?"

"Mais que tudo. Mas a minha maior tristeza é não poder ter o meu filho perto de mim."

"Mas ele não ia atrapalhar você?"

"Não. Eu vou buscar ele de qualquer maneira. Já decidi. Lá ele é criado igual a um cachorro. No ano passado encontrei meu filho magro, esquelético, comendo cocô de galinha. O pai não gosta de crianças; ele trata mal também os filhos que tem com a minha irmã."

"Como é a tua irmã?"

"Magrinha, pelo sofrimento que passou com o marido. Parece ter mais de quarenta anos. Virou um trapo, vendo as infâmias que o marido comete, andando com as empregadas, trazendo prostitutas para casa, gastando o dinheiro em jogatina."

"Ele tem empregadas?"

"Duas. Ele anda com elas, descaradamente. Uma é pretinha, de nove anos, babá das crianças. Ele é tarado. Já andou com minha outra irmã, a mais velha. Nós somos três e ele comeu todas."

"Ele queria viver com as três?"

"Queria. Mas preferia a mais velha, que tem 36 anos. Mas acabou desistindo e ficou com a mulher dele mesmo."

"Sua mãe está viva?"

"Na época em que eu me perdi minha mãe estava viajando. Ela vendia ouro, joias. Eu nunca mais a vi, não sei se está viva ou morta, não quero saber."

"E seu pai?"

> *A trama e a sequência tradicionais não têm mais significação... o escritor tende a uma consciência mais aguda de si mesmo no ato de criar. O exterior torna-se menor e o escritor afasta-se da realidade objetiva, afasta-se da história, da trama, do caráter definido, até que a percepção subjetiva do narrador é o único fato garantido na ficção.*

"Meu pai era um vagabundo, só queria saber de beber. Minha mãe, coitada, tinha que arranjar uma maneira de ganhar dinheiro."

"Sua mãe viajava para onde?"

"Bahia, Minas, São Paulo, o Brasil todo."

"E seu pai? Morreu?"

"Não."

"Como é ele?"

"Nunca deu uma agulha para os filhos. Vivia me jogando praga quando era menina, dizendo que eu ia ser uma prostituta. Acabei sendo mesmo. Mas, quando voltei lá, bem-vestida, cheia de dinheiro, eles se ajoelharam aos meus pés, esquecidos de que tinham me expulsado como uma cachorra."

"Como foi que você veio para o Rio?"

"Quando fui ao juiz, resolver o problema de meu filho, conheci um advogado. Ele disse que me empregava e me trouxe para a casa dele. Ele era casado."

"Ele te comia?"

"Uma vez só. Eu deixei. Ele veio de noite, quando a mulher dormia, e fez isso. A mulher nunca soube. Eles eram muito bons, mas fiquei pouco tempo com ele. Uma vizinha vivia dizendo que se eu fosse para a casa dela eu não seria uma empregada doméstica e sim uma irmã, que me daria todo o conforto e por aí afora. Ela tinha muito dinheiro. Depois soube que era amigada com um banqueiro de bicho. Ele proibia ela de sair de casa. Ela precisava mesmo de companhia. O banqueiro era um velho muito feio, que chegava de Galaxie, usava uma medalha de são Jorge no pescoço, um sujeito repugnante."

Carmem ficou outra vez em silêncio.

> *A primeira cor que me impressionou foi o azul de um casaco que me deram de presente quando eu era criança. Não sei qual era o tecido, talvez veludo. Nunca mais vi essa cor. Misturei tintas durante anos, sem conseguir fazê-la.*

"E depois?"

"Um dia o banqueiro me cantou para sair com ele. Disse que faria de mim uma mulher muito rica. Me levou para um apartamento, me deu champanhe e começou a me chupar. Eu nunca tinha feito isso. Eu quis ir embora e ele não deixou, queria que eu também chupasse ele."

"Você fez o que ele queria?"

"Metade: deixei ele fazer."

"Você gostou?"

"Não. Era a primeira vez. Ele tinha uma cara muito feia, cheia de cicatrizes. No dia seguinte eu voltei para casa. A amante dele perguntou onde eu tinha dormido, eu disse que tinha sido na casa do advogado que me trouxe para o Rio. Ela acreditou. Alguns dias depois, nós estávamos os três na sala, eu, o bicheiro e a amante, quando ele botou um bilhete no meu colo, pensando que a mulher não via. Mas a mulher viu e fez um escândalo. Me expulsou da casa dela na hora. Eu acabo sempre expulsa da casa dos outros. Quando eu estava parada na rua, de mala na mão, sem saber o que fazer, o bicheiro apareceu no carrão dele, dizendo que me levava para a casa de uma amiga. Quando chegamos na casa, uma moça muito bonita e bem-vestida abriu a porta. Eu perguntei quem era a moça e o bicheiro disse que ela trabalhava lá. Eu nunca tinha visto uma empregada tão bem-vestida. O bicheiro respondeu 'ela trabalha com o corpo'. Ele tinha me levado para um bordel."

O restaurante esvaziara. Um garçom, em pé, vez por outra olhava em nossa direção.

"Você quer um licor?", perguntei.

"Quero."

Pedi o licor.

"Eu fiquei assustada. O bicheiro me disse 'eu sou um homem de mais de sessenta anos, não vou alugar apartamento para menina bonitinha que vai acabar me chifrando, toma aqui esse dinheiro para voltar para sua terra, se você quiser'. Me deu dinheiro para a passagem. Achei que voltar para casa ia ser pior. Eu tinha dezessete anos. Fiquei quatro anos no bordel. No princípio do ano passado um cliente me sugeriu ir a uma agência de publicidade para arranjar emprego de modelo. Fui e arranjei. Saí do puteiro. Como disse a você, sou uma putana part time, agora."

"Você quer ir morar na minha casa?"

"Na sua casa?"

"Eu tenho uma casa grande em Santa Teresa."

"Depois de tudo que eu lhe contei, você quer me convidar para a sua casa?"

"Quero."

"Para você me comer não precisa me convidar para morar na sua casa."

"Mas eu não quero apenas te comer. Eu quero fazer uma experiência. Quero morar com várias mulheres. Já tenho uma. Você seria a segunda. Vou convidar mais duas."

"Acho essa ideia meio maluca."

"Você pode trazer o seu filho. Que idade ele tem agora?"

"Cinco anos."

"Ótimo. Aumentará ainda mais o clima de família do nosso grupo."

"Você está falando sério?"

"Claro que estou. Você poderá continuar trabalhando, haverá sempre alguém para tomar conta do menino."

Ao sairmos do restaurante, Carmem perguntou: "Quando posso ir a Minas apanhar o menino?".

"Quando você quiser."

"Amanhã, está bem? Volto direto para tua casa."

"Está bem. Toma nota do endereço."

Em seguida, Ismênia.

Num deserto, morrendo de sede, uma mulher arrumadinha, cabelos lisos, bonita, abraçada a um homem barbudo, cansado, perguntava com voz sofrida: "Franz, o que vai acontecer com a gente?". Saí. Não ia acontecer coisa alguma com eles. Além disso, a atriz, quando acordava pela manhã, em sua casa, tinha a cara muito mais amassada do que naquele deserto escaldante.

Na rua era pior que dentro do cinema. Eu estava criando coragem para procurar Ismênia. Chovia, e as pessoas olhavam para mim querendo conversa — um vendedor de apartamento de quarto e sala na Zona Sul, um homossexual procurando companhia, um forasteiro de Minas querendo saber onde ficava a rua Álvaro Alvim, um contrabandista de relógios japoneses: minha imaginação vagava. Chegar na casa de Ismênia, tocar a campainha, alô, me dá outra chance? e ela com pena na voz, está bem...

Fiquei algum tempo parado numa esquina sem saber o que fazer.

"Que tal ser um artista laureado?", perguntou Ismênia, abrindo a porta.

Olhei o rosto dela para descobrir algum traço de desdém, ainda que inconsciente. Sentada no sofá da sala, Ismênia sorriu.

"Você não parece muito feliz com o prêmio."

"Não estou."

"Pois eu teria ficado."

"Esses prêmios não valem nada."

"Eu fiquei muito contente e orgulhosa. Digo para todo mundo, Paul Morel? — muito meu amigo. Nós somos amigos, não somos?"

Eu estava surpreso com o rumo de nossa conversa.

"É claro que somos amigos."

"Você quer ver o quadro que estou pintando?"

Respondi que queria. Cores quentes, apenas: pintura naïve me aborrecia.

"Você hoje está muito calado."

Eu tinha muita coisa na cabeça, isso me desarticulava. Os melhores conferencistas são aqueles de uma única ideia. Os melhores professores, aqueles que sabem pouco.

"Minha cabeça está uma balbúrdia."

"Não estou entendendo."

"Antes de vir aqui fui ao cinema, depois fiquei andando pelas ruas, preparando o meu discurso... apenas porque não sei dizer, simplesmente: você quer vir morar na minha casa com outras mulheres — uma puta, uma jeune fille com pendores artísticos, uma grã-fina que não sei se topará..."

Pausa.

"Quem vai lavar os pratos?" Ismênia não acreditava.

"Sei lá. Eu. Rodízio. Nós todos."

"Você está falando sério?"

"Lembra do meu pai? Ele tinha morrido, eu falava sério e você não acreditou. Acredita hoje?"

"Hum, hum."

"Por favor."

"Está bem. Acredito. Mas eu gosto da minha casa. Por que vou morar com um monte de mulheres e um artista louco, desculpe, neurótico, quer dizer, difícil?"

"Lembra da declamadora?"

"Você só me faz convites pra lembrar..."

"Lembra?"

"Lembro. Eu mesma contei a você."

"Agora você pode saber."

Ismênia acendeu um cigarro.

Eu disse: "Não fala, vamos ver se conseguimos ficar calados pelo menos dez minutos, dez miseráveis e fodidos minutos".

Ninguém mais sabia ou queria ficar calado. Morel perto do Instituto dos Surdos e Mudos. Passava na porta do prédio centenas de vezes e os mudos conversavam furiosamente, em gestos violentos. Gritavam como loucos.

"As outras mulheres são bonitas?"

"Lindas. Realmente."

"Tenho dúvidas..."

"Faz de conta que você está tirando férias. É uma experiência interessante. Teremos longas conversas sobre arte, o mundo, as pessoas."

"Eu fico lá alguns dias, se achar chato volto para a minha casa."

"Como se fosse uma família", continuei, "uma família diferente, que não existe ainda, onde todos os integrantes são livres, em que os laços não são os de proteção, mas os de amor."

Merda pura, a minha conversa.

12

Telegrama:

SIGO HOJE BRASILIA PT VOLTO DEZ DIAS PT AVISE QUANDO MOREL TERMINAR PT VOCE TERA SURPRESA INTERESSANTE PT MATOS

Vilela mostra o telegrama para Morel.

"Não entendo. O horror de ficar preso é que isso torna o sujeito, aos poucos, um oligofrênico."

"Eu entendo", diz Vilela.

Morel, deitado na cama, olha o teto.

Vilela folheia um livro. Poesia grega. Não encontra Simônides. Citado de memória?

Vilela abre a pasta. Entrega a Morel folhas datilografadas. Morel joga as folhas no chão, displicentemente.

"Quer me dar o que você escreveu?", pede Vilela.

"Enchi o saco."

"Continua. Não desiste agora."

Morel não responde, olha Vilela inquisitivo. Apanha as folhas datilografadas que jogou no chão. Põe as folhas sobre a mesa.

"Volto quinta-feira", diz Vilela.

Na casa de Joana.

A governanta, uma espanhola magra, hostil, me levou à biblioteca, onde estava Joana, abstrata, escrevendo num caderno grosso, de capa verde.

"Você usa óculos?", perguntei.

"Uso quando não tem ninguém perto. Você acaba de me pegar em flagrante."

"Quando é que você se muda?"

"Fala baixo. Você quer que a Amparo descubra tudo?"

"Descubra o quê? Você vai se mudar secretamente?"

"Não quero que ela saiba que eu vou para a sua casa."

"Estou com saudades de você", eu disse.

"Eu também."

"Vou sair com Lígia hoje."

"Para que tanta mulher?"

"Posso telefonar daqui?"

"Pode."

Joana voltou a escrever. Peguei o telefone e liguei para Lígia. Saí.

O encontro foi na minha casa.

Começamos imediatamente a beber. Embriagada, Lígia falava sem parar: "Se um homem chegar para mim e disser 'vem comigo', e eu notar que é uma pessoa sensível e atraente, não resisto. Qualquer um me apanha na rua. Já andei com todas as letras do alfabeto".

"Ípsilon?"

"Ípsilon não tem; só Ivan, se ainda se escrevesse assim."

"K?"

"Primeiro nome não tem. Existe Klein. Vale?"

"Vale."

"Eu tenho remorsos. Quando chego em casa e vejo meu paizinho, fico no maior arrependimento. Tomo longos banhos de chuveiro. Me lavo, aquela coisa psicopática, mas no dia seguinte começo tudo de novo. Não me interesso muito tempo pelo mesmo homem. Só quero uma vez. Se ele não insistir muito, se não me implorar, eu não vou na segunda vez. Só me fixo nos intelectuais, esses sim, eu tenho medo de perder."

"Quantos anos você tem?"

"Vinte e cinco. Tenho complexo de velhice. Faço ginástica três vezes por semana. Dieta. Medo de ficar velha. Sou uma perdida. Meu pai é muito bom, os meus amantes tremem na frente dele, lambem os seus pés. São uns pobres-diabos. Todos os homens que foram para a cama comigo são uns infelizes. Se o meu pai mandar, comem merda. Sou uma perdida. Este vestido é francês, um costureiro famoso o desenhou para mim, talvez me desprezasse, uma subdesenvolvida gastando fortunas com roupas enquanto as criancinhas morrem de fome."

Lígia levantou-se e começou a tirar a roupa.

Se a realidade pudesse entrar em contato direto com o nosso consciente, se pudéssemos comunicar imediatamente com as coisas e com nós mesmos, provavelmente a arte seria inútil, ou melhor, seríamos todos artistas.

"Por favor, me entende, não é só sexo... É por isso que eu bebo, que eu queimo, tomo bolinha, para me libertar. Eu sou uma puta."

Eu disse que ela era uma mulher generosa e pura.

Apanhei o vibrador.

"Isso não vai me machucar?"

"Não."

Só parei quando os meus braços estavam doendo. Lígia teve vários orgasmos. Foi penetrada, por mim e pelo objeto, em todos os orifícios do corpo.

Continuamos bebendo e ouvindo música. De copo na mão, Lígia dançando em frente ao meu quadro *Cem bundas,* inspirado pelo anúncio de um publicitário francês alucinado, epigrafado por uma frase de mme. de Sévigné, la plupart de nos maux vient d'avoir le cul sur la selle. Lígia não tinha ritmo, dançar com ela exigia uma constante adaptação ao seu descompasso. Só mesmo um bom dançarino pode fazer uma coisa dessas, por isso, quem nos visse dançando não perceberia a falta de equilíbrio de Lígia, que me dava a impressão de um animal de quatro patas querendo imitar os movimentos de um bípede. A música me deixava tenso, esticado como uma corda que vai se romper. Lígia disse "eu te amo, você me faz feliz". Eu a abracei deixando minhas mãos livres por trás dela, juntei os dedos polegar e indicador da mão esquerda fazendo um círculo, em seguida com o dedo indicador da mão direita penetrei o buraco; enquanto Lígia falava, eu gesticulava obscenamente, nas suas costas.

Na rua, já dentro do carro para levá-la em casa, ela me avisou que esquecera o compacto. Voltei, abri portas, acendi luzes, achei o objeto, botei-o no bolso. Quem era mesmo a mulher que me esperava no carro? Eu havia esquecido.

13

"Há algumas incoerências no seu relato", disse Vilela.

"Por exemplo?"

"O vibrador que você usa em Lígia. Este instrumento surge inesperadamente. Eu tive a impressão de que anteriormente você se surpreendera, na casa de Magalhães, ao ver a parafernália da mala preta, que incluía um objeto idêntico."

"Não é idêntico. O meu nem tinha as pilhas funcionando e foi usado como se fosse um pênis convencional, dotado apenas de pressão longitudinal. Não me surpreendi na casa de Magalhães, lamento ter dado essa impressão."

"Vejo que você não escreveu muito desta vez."

"À medida que chego perto vai ficando mais difícil."

"Perto?"

"Perto do pesadelo. Pensei que poderia escrever sobre as coisas que aconteceram comigo, mas agora, chegando perto..."

Um homem tinha medo de encontrar um assassino. Outro tinha medo de encontrar uma vítima. Um era mais sábio do que o outro.

"Tenta..."

"Um filósofo grego, instado a exemplificar o que era difícil e o que era fácil, disse que fácil era dar conselhos e difícil era conhecer-se a si mesmo. Como não posso dar conselhos, estou tentando me conhecer", diz Morel, sarcástico.

"Eu invejo você", diz Vilela, "nesse aspecto, de poder parar de pensar, para pensar".

"Espero que não me diga que há males que vêm pra bem."

"Veja como esses cristãos amam-se uns aos outros", disse Tertuliano.

Não tive coragem de incorporar Lígia à nossa família. Era muito cretina.

Elisa Gonçalves:

Sr. e sra. Ricardo Gonçalves têm o prazer de convidar o sr. Paul Morel para jantar, às 21 horas do dia 16 de novembro. R. S. V. P.

Parei meu carro perto da mansão dos Gonçalves. Um portão de ferro. Do lado de dentro, um guarda uniformizado, armado. Disse a ele que era convidado para jantar. O guarda perguntou o meu nome. Um porteiro, ao seu lado, leu uma lista, que iluminava com uma lanterna de mão. Medo, insegurança. Minha chegada a pé parecia ter perturbado os guardiões.

O portão afinal foi aberto. Entrei. Ao longe, a casa iluminada. Caminhei por um jardim e um gramado coloridos por lâmpadas ocultas na folhagem.

Cheguei à casa ao mesmo tempo que um Rolls-Royce. Dele saltou uma mulher de vestido longo. Subimos juntos as escadas de mármore.

No hall de entrada, um homem de cabelos escuros, os ossos do rosto cobertos por uma camada de carne dourada pelo sol, bem-vestido, recebeu a mulher carinhosamente, beijando-a na face.

"O Luiz não pôde vir, teve que ir a São Paulo, amanhã cedo é a reunião do Conselho..."

"Paul Morel", me apresentei, assim que ele olhou para mim.

"O senhor também está desacompanhado? Vocês dois combinaram?" Gonçalves sorriu para mim e para a mulher. A mulher sorriu de volta, embaraçada. Permaneci impassível. O sorriso na boca de Gonçalves esfriou. Outras pessoas chegavam e o anfitrião se dirigiu a elas.

Havia muita gente. Demorei a ver Elisa.

"Você é um louco furioso", disse Elisa.

"É a pura verdade", admiti.

"Inventar essa história de Khaiub... Louco, mentiroso, farsante..." Elisa porém não parecia realmente aborrecida comigo.

"Por que você fez isso?"

"Por amor."

"Agora eu quero falar sério. Diga a verdade."

"Por desejo."

"Você me deseja?"

Os olhos de Elisa brilharam, dilatados.

"Desejo. Loucamente", exagerei.

Desconfiei que ela devia estar maconhada. Maconha ainda estava na moda.

"Como foi que você se decidiu a aceitar o convite para este jantar burguês? O grande premiado da Bienal. Foi por mim?"

"Foi."

"Sabe que o meu marido me engana?"

"Ah!, querida, você está linda", disse uma mulher que se aproximara.

"Você está maravilhosa", respondeu Elisa.

"Por que você não engana o seu marido também?", perguntei quando a mulher se afastou.

"Eu não faço outra coisa", disse Elisa.

"Enganar pra valer. Quem é que tem dinheiro na família?"

"Ele."

"Isso modifica um pouco os parâmetros. Eu queria convidar você para participar de uma experiência. Morar comigo e mais três mulheres..."

"Você, o único homem?"

"Prometo cumprir minhas obrigações."

"Ah! Que coisa mais alucinada!"

"Talvez dure pouco. Ninguém sabe."

"Maluquinho, eu tenho um apartamento em Paris, outro em Londres, uma casa de campo em Itaipava, outra em Angra dos Reis, um iate, moro neste palácio. Você acha que eu posso largar isso tudo para me integrar no harém de um pintor de perigoso aspecto magro e faminto?"

"Se citar Shakespeare novamente eu te estupro aqui mesmo", ameacei.

"Não prometa coisas a Elisa, ela cobra impiedosamente." Gonçalves apareceu inesperadamente ao meu lado.

"Hortência e Lulu estão procurando você, querida. Foram na direção da piscina", disse Gonçalves. Ele não parecia feliz.

"Depois do jantar, não vá embora. Você está convidado para um rito secreto", murmurou Elisa.

As pessoas eram elegantes, limpas, portavam-se bem, sorriam amáveis, cerimoniosas, satisfeitas — e me enchiam de ódio por isso.

Fui apresentado a todos os presentes como o prêmio da Bienal. Os ricos sempre gostaram dos artistas visuais, estes são inofensivos, gostam de ser patrocinados, apreciam ter mecenas, como na Renascença. Patrono: do latim *patronus,* na antiga Roma, o senhor, em relação aos libertos. Somos os favoritos dos poderosos. Trataram-se com toda a deferência; as mulheres mostravam-se predispostas; pediam a minha opinião: "Cinco milhões de dólares por um Velásquez não é demais?".

> *Apanhava rosas e introduzia essas flores no seu pênis, ou as inseria no reto e então ficava em pé na frente do espelho e olhava a si mesmo, o psiquiatra disse. Ele obtinha gratificação sexual com isso. No fim comia as rosas. Disse o advogado aos repórteres, mais tarde: Eu nunca mostrarei os escritos dele a ninguém; eram o mais sujo rol de obscenidades que li em toda a minha vida.*

"E o Ticiano?"

"Acabou de chegar da Bahia e pinta assombrosamente."

"Já não tenho mais lugar nas paredes. Nem no porão. Empresto para os amigos. Para aqueles que não têm filhos pequenos."

"Comprei por uma ninharia, de uma moça que ganhou dele em Belo Horizonte, num dia em que ele estava bêbado. Ele vivia bêbado. Esses artistas são uns... oh, desculpe, não me refiro a você, é claro."

Era a conversa. Eu não respondia, mas eles conversavam comigo assim mesmo. Era impressionante o número de pessoas que fazia perguntas sem querer respostas. Era comovente a voracidade deles comendo caviar grátis.

Toalhas de linho, louça importada, copos de cristal. As mulheres eram trabalhadas por especialistas (dente encapado, pele esticada, peso controlado, corpo massageado). A proximidade me corrompia: eu não ia embora, divertia-me, desejava as mulheres, integrava-me, pertencia. Artista.

Ao meu lado sentou-se uma mulher magra, de cabelos louros, as costas nuas, um decote cavado, mostrando seios mínimos, de menina.

"Meu nome é Gigi Joffre."

Ela disse que sabia quem eu era. Respondi, olhando-a apreciativamente, que lamentava ser aquela a primeira vez em que nos víamos.

"Não faça charme com uma mulher que já é avó", ela disse.

"Não acredito!", exclamei, exagerando meu espanto.

"Sou mesmo", disse ela rindo, e curvou-se com os cotovelos sobre a mesa, numa manobra para mostrar os dois limõezinhos.

"Deve ter se casado cedíssimo", eu disse.

"Muito. E a minha filha também. O engraçado é que ambas casamos com homens bem mais velhos."

"Então o seu marido tem cara de avô mesmo."

Gigi Joffre riu, indecisa, como se estivesse pensando: Devo me defender desse sujeito?

"Você conhece o meu marido?"

"Não."

"É um dos maiores exportadores brasileiros."

"Parabéns... E viva o Brasil!"

"Viva!", respondeu ela, seriamente, erguendo a taça de champanhe.

Um dia típico da vida de Gigi Joffre: acordava às dez horas, tomava um copo de laranjada e comia duzentos gramas de ricota. A massagista, uma japonesa ("senhora ter corpo bonito, carne boa, nô?"), já estava esperando. Depois da massagem, aula de ginástica com mme. Kedrova ("uma polonesa maravilhosa que mata a gente de exaustão"). Almoçava um bife grelhado, com verduras cozidas, mesmo nos dias em que tinha que almoçar na casa de amigas, e isso acontecia frequentemente ("mas ao caviar não resisto") — uma estava sempre sendo homenageada porque: ia viajar ou chegara de viagem; o marido fizera ou queria fazer um importante negócio; batizara uma filha, ou (mais raramente) um neto; havia se separado do marido; casado outra vez; fazia anos; ficara curada de alguma doença; acabara de comprar um quadro, ou outra aquisição importante; inaugurara a nova decoração do apartamento; há muito tempo seu nome não saía nas colunas sociais; porque...

"Coitados dos ricos", eu disse.

"Você está brincando, mas coitados mesmo. Ainda outro dia o motorista do meu marido disse 'doutor eu não queria a sua vida com todo o dinheiro que o senhor ganha, saindo todo dia de casa às sete horas da manhã e voltando às oito horas da noite não é mole não.'"

Perguntei a ela se o motorista também não fazia mais ou menos a mesma coisa.

"Ah!, mas ele passa as tardes dormindo dentro do carro. E não tem responsabilidades, tensões, preocupações."

"Nem dinheiro. Ter dinheiro é uma coisa muito aflitiva", eu disse.

Chegamos à conclusão que ter dinheiro significava apenas algumas vantagens mínimas. Quem nunca teve dinheiro não sabe disso e não sofre sequer essa pequena frustração. Quanto mais gente pobre houvesse, maior felicidade haveria no mundo.

"Uma conclusão swiftiana", eu disse.

Gigi Joffre ria muito, segurava na minha mão, encostava o joelho na minha perna, me cutucava, olhava no meu olho, mas eu não estava interessado. Não era por ela ser avó, até que seria interessante, eu nunca tinha comido a avó de ninguém, mas mulher daquele tipo me tirava todo o tesão. Eu precisava respeitar a mulher para ter tesão por ela.

"A maioria dos homens na nossa classe social", eu disse para Gigi, "inicia a vida sexual comendo putas ou empregadinhas domésticas, meninas importadas do Norte ou trazidas das favelas, a maioria mulatinhas que o garoto da casa fode com desprezo. Imagina, Laura, ontem meu marido pegou o Eduzinho na cama da empregada, uma frase dita com graça e alívio pelas mães, afinal o menino está aprendendo a ser homem, sem precisar aumentar-lhe a mesada" (Gigi me olhava assustada). "O menino cresce achando que o ato sexual é uma subterrânea experiência indigna, e que as mulheres *que se submetem* não podem jamais ser respeitadas; serão culpadas de tudo que acontece de errado na Casa do Patriarca, serão consideradas débeis mentais, porque somente assim, pela falta de respeito do homem pela mulher, o casamento poderá subsistir. O grande mito brasileiro da mulata como deusa sexual deriva dessa contingência cultural. A mulata é suficientemente preta para parecer inferior às mulheres da família do macho branco, permitindo-lhe refazer as desejáveis condições da primeira experiência sexual, sem qualquer ansiedade. Não há nada como uma mulata para uma boa sacanagem, é uma frase-padrão em todo o país."

Assim eu pontifiquei para Gigi Joffre, a mulher do exportador e criador de divisas. Ela estava apavorada com os rumos da nossa conversa. Quando Elisa surgiu, a sra. Joffre aproveitou para fugir.

"Vem", disse Elisa.

Chegamos a uma sala onde estavam cinco pessoas, três mulheres e dois homens. Um dos homens tinha cabelos brancos longos. Todos os outros aparentavam menos de trinta e mais de vinte.

"Aqui só entra gente jovem", disse Elisa.

O homem de cabelos brancos deu uma gargalhada curta, rouca.

"Para nós você é um garoto, Miguel", disse Elisa.

"Só na alma", disse Miguel.

"Você quer?"

Os outros já estavam fumando.

"Eu sou da picada", respondi. Sabia que ali não havia nada, além de maconha.

"É mesmo?"

"Olha o meu braço", eu disse arregaçando a manga. A penumbra não deixaria ver marcas, se elas existissem.

Fez-se silêncio. Elisa acendeu um cigarro. Todos fumavam laboriosamente, ouvia-se apenas o barulho do ar sendo aspirado junto com o fumo.

"O que você sente, no pico?", perguntou uma das moças. As outras duas começaram a rir.

"É difícil explicar. Uma coisa eu sei: não fico rindo igual um idiota. Eu também comecei queimando, mas depois decidi entrar lá dentro, furar o bloqueio, expor tudo."

"Há quanto tempo você...?", perguntou Miguel.

"Estou na veia."

As moças me olharam com admiração.

"Todo maconheiro é um medroso: pequenos atos ilícitos, pequenas imoralidades, pequenos desconfortos, pequenos riscos. Já passei por isso."

"Eu não acredito", disse a moça que gostava de fazer perguntas.

"As marcas são de quê? Injeção de cálcio? Vitamina? Extrato hepático?", perguntei.

"Uma dessas coisas."

"Está bem, confesso: sou viciado em injeção de cálcio, me arranja uma."

"Não precisa fazer esse ar de... de enfado", disse a moça.

Risos.

Peguei Elisa pelo braço, saímos da sala, descemos as escadas, atravessamos o jardim. Os guardas nos observavam. Um deles fez uma saudação tocando com os dedos a ponta do quepe. Elisa era conduzida impassível, sem dizer palavra, sem olhar para mim. Ao chegar onde estava o meu carro, abri a porta e Elisa entrou, apática, sonâmbula. Sentei ao seu lado. Olhei o seu perfil definido. Ela olhou de volta: como se eu não estivesse ao seu lado.

Chegando em casa, coloquei Elisa na cama, tirei o seu vestido. Beijei os seios dela. Os mamilos endureceram. Apaguei a luz. O luar entrava pela janela. Tirei minha roupa, rápido e dissimulado, como um batedor de carteiras. Deitei, abracei Elisa.

"Eu sou muito difícil de ser comida", disse Elisa, sentando na cama. Ela não estava ali, nem eu estava ali.

Levantei-me, vesti a roupa, coloquei Elisa de pé, enfiei-lhe o vestido pela cabeça abaixo.

Quando chegamos de volta, notei que o porteiro olhava os pés de Elisa. Ela estava descalça.

Quando começou a subir as escadas de mármore, Elisa parou:

"Qual o endereço da sua casa?"

"Rua Almirante Alexandrino, 6.088. Você vai se esquecer", gritei enquanto ela entrava.

14

Tempo.

Eu pensava que odiava crianças. Sempre achei que elas eram estúpidas e chatas.

Quando Marcelo chegou, me enchi de paciência para aturá-lo. Mas tenho que admitir que no fim de uma semana estava encantado com o menino. Ele era estúpido e chato, mas eu gostava dele.

Joana e Ismênia também gostavam de Marcelo. Vivíamos em paz. Eu não me interessava por nenhuma outra mulher além de Joana, Carmem e Ismênia. Às vezes eu dormia com Carmem e Ismênia ao mesmo tempo.

Carmem e Ismênia às vezes dormiam juntas. Joana, quando não dormia comigo, dormia sozinha. Todos cozinhavam. Eu apenas sabia fazer bife com batatas fritas, mas estava aprendendo mais coisas. A melhor cozinheira do trivial era Carmem. A pior, Ismênia. Joana era a que tinha mais imaginação, porém às vezes a sua criatividade falhava e éramos obrigados a mandar buscar uma pizza no restaurante.

Ismênia estava preparando com entusiasmo sua exposição que seria feita em Buenos Aires. Trabalhava o dia inteiro e à noite, na cama, era uma agradável companhia, fosse comigo ou com Carmem. Carmem estudava inglês e taquigrafia e trabalhava como modelo de uma fábrica de tecidos e malhas. Os meus trabalhos, feitos anteriormente ao prêmio, estavam sendo vendidos a bom preço. Eu tinha um encalhe grande em casa, mas vendia apenas um por mês, não queria saturar o mercado.

Quase todos os dias eu saía com Joana e caminhávamos pelas praias da cidade. Gostávamos de andar. Às vezes dormíamos na areia.

Éramos felizes, todos nós — eu supunha.

Um dia, quando fazíamos uma de nossas longas caminhadas, Joana disse: "Essa vida de xeque fez de você um idiota".

"Como?"

"Você perdeu a sensibilidade e a inquietação. Outro dia estava vendo você tomar banho; até o teu corpo está diferente, você não tem mais aquela musculatura enxuta, você está poluído e diminuindo, feliz com as suas mulheres e o seu filho, pensa que a promiscuidade o curou da apatia. Você só tem feito porcarias. Você está fodido."

(A frase final era exatamente o que eu havia dito ao meu pai, de mim mesmo, pouco antes de ele morrer.)

"Tudo isso só porque eu não bato mais em você?"

"Deixa de ser bobo."

Mais tarde, depois de termos andado alguns quilômetros, Joana perguntou: "Por que você não é mais o mesmo comigo, na cama?".

Expliquei que a nossa casa estava cheia de gente.

"Então me leva num desses hotéis aqui da Barra e me fode como antigamente."

"Vamos deixar para outro dia."

"Não, hoje."

"Vamos para casa."

"Pelo menos me leva para comer alguma coisa."

"Tenho vinho na bolsa", eu disse.

Joana queria cerveja. Fomos para um bar.

Passamos a tarde bebendo, em silêncio. Então saímos e Joana deitou na areia. Ficamos olhando o pôr do sol. Depois espanquei Joana a pontapés, como se ela fosse uma lata vazia.

"Viu o que você me fez fazer?"

Ela não respondeu.

"Tenho horror de crueldade", eu disse, quase chorando.

Joana abriu os olhos e fitou o céu, tranquilamente. Sua boca estava manchada de sangue, mas ela não parecia sentir dor.

"Não quero mais te ver", eu disse.

Fui para casa.

Não dormi bem durante a noite. Acordei várias vezes, fui à janela ver a rua vazia.

Nada temos a temer.
Exceto as palavras.

Descrevo novamente o que aconteceu, com mais detalhes. (Rememorei tudo à noite.)

Havíamos passado a tarde bebendo.

"Quero ver o mar", Joana.

Fomos andando.

"Você está bem? Esse sapato é confortável?", ela perguntou.

Respondi que sim. Perguntei: "E o seu? A bolsa está pesada?".

Joana estava de sandálias, carregava, a tiracolo, uma enorme bolsa de pano. Fomos andando, ombros bem para trás, pisando firme, passadas rápidas e largas.

O sol estava desaparecendo quando chegamos na praia deserta. Ela disse: "Quero ficar aqui".

Deitamos na areia.

> *In quanti diversi modi, attitudini, posituri giaccino i disonesti uomini com le donne. 1524.*

"Veja quantos tons de luz. Nunca vi um pôr de sol assim", Joana. "Que pena que eu esteja cansado."

Deitei a cabeça sobre a sua barriga. O intestino dela emitiu um som fino.

"Põe o demônio no meu corpo", disse Joana. "Você não quer colocar o demônio no meu corpo?"

"Depois."

"Agora, agora."

"Deixa eu ver o céu."

"Agora, preguiçoso, egoísta. Arranja um pedaço de pau desses aí e bate em mim até o demônio entrar no meu corpo."

"Depois."

"Agora, agora!"

Apanhei a bolsa e tirei as duas garrafas de vinho tinto.

"Você quer vinho?", perguntei.

"Não."

Bebi enquanto Joana me xingava de todos os nomes sujos.

"Por favor", ela pediu.

"Não tem nada aqui para eu bater em você", eu disse.

"Eu estou morta. Levanta e me dá uma porção de pontapés."

"Você não quer vinho?"

"Não!", Joana gritou, impaciente, rolando no chão.

Levantei-me, fui até onde estava a bolsa, a uns dois metros de distância, apanhei pão para comer com o vinho.

Dei um pontapé em Joana. Ela riu.

Continuei dando pontapés nela, enquanto ela ria e eu olhava o pôr do sol. Era uma coisa linda, indescritível.

Joana parou de rir.

Deitei ao lado dela.

Senti o rosto dela úmido de sangue.

"Viu o que você me fez fazer?"

Joana não respondeu.

Não sei quantos dias se passaram. Eu estava bêbado a maior parte do tempo. Carmem surgiu histérica, com um jornal na mão, gritando "Joana apareceu morta na praia!".

Minha mão tremia quando peguei o jornal. Primeiro vi um retrato de Joana a cavalo, participando de um concurso hípico. Havia também outro retrato, Joana de boné de marinheiro, num barco a vela. "Morta na praia, a polícia investiga."

Comecei a chorar. Dor, pena dela, de mim.

"Coitada", disse Carmem.

Deixei as lágrimas escorrerem pelo meu rosto sem a menor vergonha. Queria chorar.

Carmem perguntava a todo momento "como é que isso pode ter acontecido, meu Deus", também emocionada.

"Acho que devo ir à polícia", eu disse.

"Você quer que eu vá com você?"

Respondi que não precisava.

Delegacia de Homicídios. Mandaram aguardar o delegado Matos, encarregado do caso. Esperei três horas. Policiais passavam de um lado para o outro, sem me dar atenção.

"O senhor está esperando quem?", um sujeito, com coldre vazio na cintura.

"O delegado Matos."

"Ele está no Médico Legal assistindo uma autópsia. Da grã-fina que apareceu morta na Barra."

"É sobre essa moça que eu quero falar com ele."

"Ah, é?" O sujeito pareceu ligeiramente interessado. "Qual é o assunto?"

"Eu, eu sou, era conhecido, ah..."

"O senhor pode prestar algum esclarecimento sobre o fato?"

"Não, não, eu apenas... não, não, nada de importante..."

"Bem, o senhor espera o delegado, ou então deixa o nome com o comissário Gonzaga, eles depois lhe procuram."

Dois dias dentro do meu quarto, sozinho, sem querer conversar com ninguém. Também ninguém me procurava.

Um velho não se importa de morrer. Um doente grave espera que os seus dias acabem rápidos. Eu estava fechado e seco. Não amava as pessoas, nem me amavam. Que fosse tudo rápido e sem dor, como a proposta da trapezista de pés afiados.

Abria-se uma porta, como a de uma geladeira onde se guardassem legumes, ovos, carne, cerveja, leite; de dentro de uma gaveta de aço sai o corpo de Joana, frio, cortado pelo burocrata, um médico-legista que dança tangos nas noites de sábado.

A campainha tocava fortemente.

Abri a porta.

"Paul Morel?"

Um dos seres descritos pela minha mãe, que via fantasmas.

"Sim."

"Vamos."

"Vamos onde?"

Ele riu. Em sua boca havia um dente de ouro. Fiquei comovido... o pobre-diabo... Senti uma grande simpatia por ele.

"Quem é o senhor", continuei.

"Você quer ir assim mesmo ou quer botar um paletó?"

"Para que botar o paletó?"

"Quem vê cara não vê coração", ele disse, misteriosamente.

"Posso deixar um bilhete?"

"Pode. Mas anda depressa."

Carmem. Estou sendo levado por um homem da polícia. Eu te amo. Paul.

Eu precisava amar alguém. Joana estava morta.

Um carro parado na porta da minha casa. Um homem ao volante e outro em pé, numa das portas.

"Aonde é que vocês vão me levar?"

"Entra logo, ó pústula", disse o de dente de ouro, me empurrando com violência.

"Que é isso?", exclamei surpreso.

Recebi a pancada abaixo do ouvido, do lado esquerdo. Ele devia ter um anel enorme no dedo, ou um soco inglês, pois senti o calor do sangue escorrendo pelo pescoço.

"Que tal, é bom?", ele perguntou, respirando fundo, como se tivesse feito um grande esforço. "É bom?"

Fiquei calado. Também não sentia dor.

"É bom? É bom?", ele persistiu.

Paramos em frente de um prédio velho. Os homens saltaram na minha frente. Eu os acompanhei, como um cão.

Fiquei só, numa sala.

Um homem entrou, mais tarde.

"Meu nome é Matos."

Não vou dizer nada, pensei.

"E o seu é Paulo Morais", ele continuou.

Pausa.

"Também conhecido como Paul Morel."

"Nome artístico", justifiquei, abjetamente — isso não me perdoarei nunca.

Matos colocou os óculos, abriu um caderno de capa verde: "A anca de uma égua é mais dura do que a de uma mulher, Paul me disse, segurando o chicote. Seu corpo magro, musculoso, tremia, ah! meu animal vibrante, teu chicote negro, duro, parece um florete do Zorro... A primeira chicotada fendeu o ar num sopro fino e explodiu na minha carne...".

Matos fez uma pausa.

"O diário de Joana. Quer que eu continue?"

"Não."

"Gosto de ser degradada por ele, sentir que Paul me possui, me pune, me sacrifica. Foi um orgasmo maravilhoso, ele me varou num golpe rápido, meus gemidos foram respondidos com socos no rosto até que meus olhos incharam e eu mal podia ver o rosto do meu amor, me apertando com força, me deixando sem ar entre os seus braços possantes, colando sua boca na minha. Pedi 'me dá sua saliva', e Paul começou a cuspir na minha boca e logo o seu sêmen quente foi ejaculado nas minhas entranhas, uma torrente de lava que me inundava... Quer ouvir mais?"

"Não."

"Interessante a construção da frase. Lava, que é massa ígnea de vulcão e também tempo de verbo significando limpeza; a purificação pelo fogo, como faziam com as feiticeiras. As feiticeiras eram feiticeiras porque queriam ser queimadas, você não acha?"

Deitei a cabeça sobre a mesa.

"Conta como foi que aconteceu tudo", disse Matos, a voz compassiva, "você odeia as mulheres, elas castram a gente, não é isso?"

Fiquei calado.

"Então vou ler mais um pouco: 'Corri dentro do quarto, queria que ele me perseguisse, isso me deixava muito excitada, várias vezes ele me agarrou e eu me desvencilhei, quando cheguei na cozinha Paul me segurou pelos cabelos, mordeu o meu rosto, apanhou uma garrafa em cima da pia, eu coloquei as mãos para a frente, a pancada atingiu o meu braço, senti o osso partir, você vai me matar, eu disse, vou sim sua puta, eu quero te matar, mas o segundo golpe não me acertou, a garrafa estourou de encontro à parede, o barulho despertou Paul. Meu bem, ele disse carinhosamente...'" Pausa de Matos: "Etecétera, etecétera...".

"Eu não matei Joana. Nem quebrei o braço dela."

"Então é tudo mentira? As surras de chicote, o undinismo, as degradações, as depravações, tudo imaginação da moça? Quer que eu leia um pouco mais?"

"Não, por favor."

Matos tira os óculos.

"Você conhecia este diário?"

"Vi uma ou duas vezes Joana escrevendo nele. Não sabia que era um diário."

"Sabe como ele veio parar nas minhas mãos? Uma mulher o entregou lá embaixo, dentro de um envelope com o meu nome. Havia um bilhete que dizia: *O assassino é Paul Morel.* Foi assim que chegamos a você — caguetagem. Nenhum mérito para nós... mas enfim, o que interessa são os resultados."

"Vou ficar preso aqui?"

"Aqui ou em outro lugar. Estou pedindo ao juiz a sua prisão preventiva."

"Mas sou inocente!", exclamei. Na minha cabeça, como num filme em câmera lenta, eu chutava o rosto de Joana.

"Acho muito difícil alguém acreditar nisso depois de ler o diário da moça, ainda mais o juiz criminal."

"Eu vou-me embora, vocês não podem me prender sem ordem judicial."

Matos me olhou, divertido, sem se mexer do seu lugar.

Fui até a porta. Matos continuou imóvel, parecia um gato gordo.

"Eu não matei Joana", disse, me despedindo. Saí e fechei a porta.

No fim do corredor estavam dois homens. Um deles era o policial que me havia espancado. Entendi então a tranquila condescendência de Matos. Pensei em voltar para perto dele. Sentia na minha boca o medo da minha infância. Mas era melhor enfrentar tudo outra vez, começar novamente, a vida era isso mesmo.

"Aonde é que você vai?", perguntou o tira, encostando as próprias costas na porta do corredor.

"Vou embora", eu disse, a voz fraca.

"Sabe quem é esse cara, Alfredo? O rei do chicote, especialista em espancamento de meninas, é o maior, já matou uma. Não matou, pústula?"

Eu era a pessoa ideal para ele exercer o seu sadismo, sem risco de sentimentos de culpa ou reprovação social. Sabia o que me esperava.

"Pústula é você..."

O tira me agarrou. "Aqui não", disse Alfredo. Os dois me seguraram e foram me empurrando aos trambolhões até uma sala, sem janelas, fracamente iluminada por uma lâmpada amarela dependurada por um fio. Durante o trajeto eles me deram socos nos rins.

Fui algemado, curvado num banco de pernas ligadas por uma trave, as mãos encostadas no chão.

"Nós não temos chicote, você vai nos desculpar, vamos ter que bater com isso aqui mesmo." Uma vara fina, que da minha posição eu não avistava, apenas ouvia o seu zunido, rente às minhas orelhas.

"Começa na canela, Ventura."

> *Nós humanos carregamos dentro de nós as sementes, continuamente alimentadas, de nossa própria destruição. Precisamos amar, assim como odiar. Destruir, e também criar e proteger.*

Um sofrimento lancinante e rápido: um flash de luz disparando na minha cabeça junto com a dor, relâmpago — relâmpago: um grito preso entre os meus dentes trincados. Houve um instante em que o golpe pegou minha cabeça. Me curvei mais ainda para receber as pancadas na nuca. Doíam menos. Mas logo cessaram.

"Filho da puta! É bem capaz de estar gostando", disse Ventura.

"Não abriu o bico", disse Alfredo.

"Um pulha desses só matando. Você tem um cassetete aí?"

Exit Alfredo.

Esperando Alfredo, Ventura me deu chutes nos joelhos, cuspiu na minha cara, deu socos no meu corpo todo, com exceção do estômago e dos testículos, a minha posição não permitia. Ventura ofegava. Ele era grande, mas meio gordo, talvez não estivesse em boa forma física. Provavelmente fumava demais, sofria de enfisema; nas vezes em que o pude ver me espancando, fumava sem parar, sofregamente, passando o cigarro de uma para outra mão, dependendo de qual estivesse usando em mim.

Alfredo voltou, segurando um cassetete de borracha, grosso, escuro.

"Vou enfiar nesse puto pra ver se ele gosta", disse Ventura.

"É melhor passar vaselina. Você não quer matar o cara, quer?"

"Isso não mata ninguém", disse Ventura.

Barulho de porta abrindo.

Voz de Matos: "Chega".

Fui levado para um quarto onde havia uma cama. Trancaram a porta. Deitei-me. Eu estava vivo! Que sensação boa, a da dor passando. A melhor coisa do mundo! Dormi imediatamente.

15

Vilela telefona para Matos.

"Quando você quer ver os papéis de Morel?"

Matos marca um encontro com Vilela, que não precisa lhe dizer para levar o diário de Joana. É a surpresa que Matos queria lhe fazer. O trunfo escondido na manga.

"Eu sabia que você acabaria tendo que me dar estes papéis para ler", diz Matos. Na cara, o mesmo sorriso de anos atrás, quando ganhou de Vilela nas eleições para o Diretório Acadêmico da faculdade.

Trocam largos envelopes pardos.

"Eu gostaria de ler o auto de Exame Cadavérico."

"Eu arranjo."

"O Exame Pericial também."

"Mando tudo amanhã."

"Morel ainda não acabou."

"Mas eu quero ver o resto assim que ele escrever. Trocamos as figurinhas todas", diz Matos.

"Morel não confessa nada."

"Você mesmo disse que ele ainda não chegou ao fim."

"Não acabou de escrever. Mas o inquérito policial terminou, não?"

"Sim. A prisão preventiva já foi decretada. Meu pedido foi conciso. Bastava juntar a cópia do diário."

"É evidente que o juiz tinha que decretar", diz Vilela. "Morel é artista e assim, por definição, suspeito; além do mais, promíscuo sexualmente, o que faz dele, no mínimo, uma ameaça. Aposto que a fiança dele foi negada com base no parágrafo quarto do artigo trezentos e vinte e três — a incaucionabilidade dos vagabundos."

"Você não se lembra mais do Código — o crime dele é inafiançável", diz Matos.

"Mas não ficou provado que ele seja um homicida."

"Não se esqueça dos indícios..."

"O diário?"

"O diário, a presença no local onde apareceu o corpo de Heloísa, admitida pelo próprio Morais — você acha isso pouco?"

"Isso é pouco."

"Os atos de Morais são inconciliáveis com a possibilidade de sua inocência."

"Então por isso ele terá que provar que não é culpado. Isso é contra a lei, você também não se lembra mais do Código?"

Matos ri. "Daqui a pouco você puxa da manga o Mittermayer, eu replico de Manzini, você treplica de Malatesta." Matos gesticula como um italiano de caricatura: "La scienza privata del giudice, elemento spesso insidioso e incontrolabile, non puó aver valore decisivo e sostitutivo della prova ma puó ammettersi soltanto per illuminare il libero aprezzamento dei risultati della prova medesima".

"Você ganharia uma fortuna, se tivesse escolhido o teatro", diz Vilela.

"Certamente mais do que na polícia."

Os dois homens se calam. Vilela pensa no seu tempo de polícia, o percurso através da miséria, do medo, do nojo. Matos na aposentadoria.

Vilela telefona para Matos.

"Leu o diário?", Matos pergunta.

"Parte. Li o laudo de Exame Pericial* e o auto de Exame Cadavérico.** Tenho dúvidas."

---

* Estado da Guanabara
Secretaria de Segurança Pública
Instituto de Criminalística
Departamento Técnico-Científico
Ocorrência nº 716/72
Laudo de Exame de Local de Homicídio

Aos 20 (vinte) dias do mês de setembro do ano de mil novecentos e setenta e dois, neste Estado da Guanabara e no Instituto de Criminalística da Secretaria de Segurança Pública, de acordo com o art. 1º do Decreto Federal nº 23.030, de 2 de agosto de 1933, art. 159, combinado com o art. 178, do Decreto-Lei nº 3.689, de 3 de outubro de 1941, e art. 249 do Regulamento aprovado pelo Decreto nº 37.008, de 8 de março de 1955, "ex-vi" do Decreto nº 40.047, de 27 de setembro de 1956, pelo Diretor, dr. José Henrique Fonseca, foram designados os Peritos Criminais Leonel Sebeck e Martim Bastos para procederem a exame em local de homicídio a fim de ser atendida a requisição do Ilmo. Sr. Delegado da 16ª Delegacia Policial, descrevendo com verdade e com todas as circunstâncias o que encontrarem.

"Que dúvidas?"

"Não acho muito sentido nas coisas."

"Homicídio, quando não é por dinheiro, não tem sentido. Lê o diário. Eles gostavam de se excitar das mais estranhas maneiras. Morais amarrava a moça e depois a possuía, ela gritando que não, fingindo que estava sendo estuprada."

"Vamos almoçar?", convida Vilela.

HISTÓRICO: Às onze horas e vinte e cinco minutos do dia vinte de setembro do ano de mil novecentos e setenta e dois, o sr. Comissário da 16ª Delegacia Policial solicitou exames periciais para o local de homicídio ocorrido na praia da Barra da Tijuca. Em consequência, tais exames foram realizados e são relatados nos termos do presente laudo. DOS EXAMES. A) DO LOCAL: O local fica situado a duzentos metros da estrada, uma zona deserta frequentada apenas nos fins de semana. Sobre a areia uma bolsa de lona bege, contendo pente, escova de cabelo, vidro pequeno de perfume Empreinte, carteira de identidade de Heloísa Wiedecker. Na areia não existiam marcas que pudessem ser identificadas. B) DO CADÁVER: Era o de uma mulher de cor branca que aparentava haver alcançado, quando em vida, a idade de 20 (vinte) anos. Vestia calça de listas vermelhas e brancas e uma blusa estampada com motivos florais coloridos. Apresentava-se em posição decúbito ventral; no pescoço um lenço de seda verde. C) DOS FERIMENTOS: À simples inspeção ocular não tiveram os signatários condições de fazer análise dos ferimentos, pois o corpo já estava em adiantado estado de putrefação. Somente em uma sala de necrópsia, em ambiente favorável a exames dessa natureza, seria possível a determinação e caracterização dos ferimentos; eis a razão pela qual deixam os Peritos a cargo exclusivo dos srs. Médicos-Legistas esse item responder, o que evidentemente farão com maior propriedade. D) DE OUTROS ELEMENTOS: Dos exames realizados também temos a assentar o seguinte: 1 — Que possivelmente o fato ocorrera antes do dia dezoito; o estado de putrefação do corpo reforça essa hipótese; 2 — Que a busca papiloscópica resultou infrutífera. CONCLUSÃO: Face ao relato nos capítulos anteriores, são acordes os Peritos em afirmar que, no local em apreço e objeto do presente laudo, ocorreu uma morte violenta; nada se podendo dizer quanto à arma ou instrumento utilizado, o mesmo também ocorrendo em relação à dinâmica do fato, que somente poderá ser

Matos, logo ao chegar: "Estou morrendo de sede, o médico disse que eu posso tomar qualquer bebida, menos cerveja. Mas eu gosto é de cerveja, entendeu? Daqui a mais um pouco estarei pesando exatamente o dobro do que eu pesava no tempo da faculdade".

Matos era magro e pálido, no tempo da faculdade. Agora é gordo e vermelho. Vilela era gordo e vermelho. Agora é magro e pálido. O tempo agiu diferentemente sobre os dois.

---

determinada pela soma deste ao exame de necrópsia, coadjuvados às demais investigações policiais. DAS FOTOGRAFIAS: Anexo, enviam os Peritos 10 (dez) fotografias assim legendadas: Foto 1 — mostra o cadáver como foi encontrado; Foto 2 — mostra o rosto do cadáver; Foto 3 — complementa foto 1; Foto 4 e Foto 5 — mostram praia, vendo-se barraco ao fundo; Foto 6 — mostra bolsa; Foto 7 — mostra a vítima quando colocada em posição dorsal; Foto 8 — complementa foto anterior; Foto 9 — mostra detalhes fisionômicos da vítima, evidentemente alterados pela putrefação do corpo; Foto 10 — complementa foto anterior. Nada mais havendo, encerrei o presente laudo que relatado e mecanografado por mim, primeiro perito, lido e achado conforme pelo segundo, assinamos acordes. Leonel Sebeck — Martim Bastos.

** Estado da Guanabara
Secretaria de Segurança Pública
Instituto Médico Legal
Departamento Técnico-Científico
Prot. 789.984
Auto de Exame Cadavérico
Diretor do IML: Marcos Meireles
1º Médico-Legista: Paulo Martins
2º Médico-Legista: João E. Coutinho
Autoridade Requisitante: 16ª Delegacia Policial.

Requisição nº 50 de 20 de setembro de mil novecentos e setenta e dois. Pelo Diretor foram designados os peritos acima para proceder a exame no cadáver de Heloísa Wiedecker a fim de ser atendida a requisição supra, descrevendo, com verdade, todas as circunstâncias, o que encontrarem, descobrirem e

"Li a coisa de Morais", continua Matos, "o sujeito te imita, pensei que estava lendo o teu último livro, igualzinho. Joana é Heloísa. Você acha que as outras mulheres existem? Várias ocorrências do livro são verídicas, ele ganhou mesmo um prêmio na Bienal, se separou da primeira mulher... No interrogatório na polícia, Morais declarou que vivia sozinho com Heloísa na casa de Santa Teresa. Estava mentindo? Não sei... Tenho que investigar

---

observarem, e, bem assim, para responder aos seguintes quesitos: PRIMEIRO — Se houve morte; SEGUNDO — Qual a causa da morte; TERCEIRO — Qual o instrumento ou meio que produziu a morte; QUARTO — Se foi produzida por meio de veneno, fogo, explosivo, asfixia ou tortura, ou por meio insidioso ou cruel (resposta especificada). Em consequência, passaram os peritos a fazer o exame ordenado e investigações que julgaram necessárias, findos os quais declararam: deu entrada no serviço de Necrópsia deste Instituto às 17 (dezessete horas) e quarenta e cinco minutos do dia 20 de setembro do ano de mil novecentos e setenta e dois, um cadáver acompanhado de guia nº 50 da 16ª Delegacia Policial, assinada pelo Comissário Joaquim Araujo, na qual consta: "Cadáver de Heloísa Wiedecker, filha de Otto Wiedecker e Cecilia Wiedecker, do sexo feminino, prendas domésticas, vinte e hum anos, branca, brasileira, solteira, residente à avenida Vieira Souto, 322. A morte ocorreu no dia 18 de setembro de mil novecentos e setenta e dois, em consequência de crime nas seguintes circunstâncias: corpo encontrado em decúbito ventral, nas areias da praia. INSPEÇÃO EXTERNA: É apresentado aos Peritos o cadáver de uma mulher de cor branca, em estado de putrefação, cadáver este que mede cento e setenta centímetros de estatura, e que tem tonalidade esverdeada no tronco, pescoço, cabeça, membros superiores e inferiores, até a parte superior das pernas, com presença de flictenas putrefativas; o couro cabeludo, de implantação de cabelos negros, levemente ondulados, revela algumas lesões contundentes; córneas opalescentes, tumefação/enfisemação da face, nas pálpebras e lábios; dentes em bom estado de conservação; o pescoço mostra escoriação alongada, na metade esquerda da região subaracnoidea, que se estende até a metade esquerda da região subaracnoidea, não se observando sulco devido a tumefação/enfisemação; na parte inferior da região masseterina esquerda, nota-se pequena escoriação

isso. A merda é que estou muito desfalcado de gente, todo dia acontecem novos homicídios. Como se mata nesta cidade!"

"Pode também ser tudo imaginação de Morel", diz Vilela, sem convicção.

O almoço é ordenado.

"A imaginação dos dois é a coisa mais alucinada que vi em mil anos de polícia", diz Matos. "O Morais escreveu no relato dele:

---

vermelho-escura; no exame do tórax e abdômen, notam-se pequenas escoriações na parte mais alta e externa, na região peritoneal esquerda e no hipocôndrio esquerdo; os membros superiores e inferiores não têm movimentos anormais; notam-se escoriações pardo-avermelhadas escuras na face externa do braço direito, ao nível do cotovelo, na face anterior do joelho esquerdo, na face anterior do terço médio da perna direita ao nível dos tornozelos, órgãos genitais externos sem lesões violentas; o dorso do cadáver não revela lesões violentas; grãos de areia são encontrados sobre a pele, nos membros e no torso; CAVIDADE CRANIANA: A face profunda do couro cabeludo está embebida por sangue e apresenta áreas de infiltração hemorrágica; o músculo temporal esquerdo revela pequenas infiltrações hemorrágicas e está embebido por hemoglobina; o músculo temporal direito está embebido por hemoglobina; a abóbada craniana está íntegra; a dura-máter está íntegra; o encéfalo está recoberto superficialmente por substância avermelhada em toda a sua extensão, que se mistura com o tecido encefálico, apresentando-se como massa amolecida putrilaginosa de tonalidade verde-acinzentada para o interior; a base do crânio está íntegra; CAVIDADE TÓRACO-ABDOMINAL — PESCOÇO: Da abertura da cavidade peritoneal não há saída de líquido e percebe-se alças intestinais distendidas por gases; a musculatura da face anterior do tórax mostra área de infiltração hemorrágica; percebe-se fratura dos arcos costais, de três a seis do lado direito e de três a seis do esquerdo; o externo mostra movimentos anormais, em sua parte média; as cavidades pleurais contêm sangue; os pulmões de consistência diminuída revelam petéquias subpleurais, e do lado direito mostram ruptura e apresentam superfície de corte vermelho brilhante escura; a secção dos vasos da base não dá saída a sangue; o coração mostra-se amolecido e não apresenta petéquias subepicárdicas, e ao corte está embebido

Suspeito que o universo não é mais estranho do que suponho; é mais estranho do que somos capazes de supor."

"Sim, isso é literatura, mais uma das citações dele. Quem morava naquele barraco, mencionado no laudo de Exame de Local? Vocês investigaram?"

"Uma mulher chamada Creuza que vivia com um sujeito chamado Félix Assunção Silva. Ele morreu afogado no verão, em fevereiro. Dizia-se um biscateiro mas era um ladrão ordinário de terceira categoria. Foi Creuza que achou o corpo de Heloísa."

"Por que desta vez Morel bateu tanto em Heloísa que lhe arrebentou nove costelas, estourou a cabeça dela, furou o pulmão?"

"Quem sabe o que se passa na cabeça de um sádico? Ou de um masoquista? Gilles de Rais, marechal de França, que lutou ao lado de Joana D'Arc em Orléans, matou e torturou centenas de pessoas para obter gratificação sexual; Febrônio, um modes-

---

por hemoglobina; os rins têm tamanho normal, do lado direito apresentam infiltração perirrenal e ao corte não revelam alterações a não ser embebição hemoglobínica; o fígado tem tamanho normal, com superfície de corte pardo-avermelhada, embebida por hemoglobina; o estômago tem mucosa embebida por hemoglobina; os demais órgãos da cavidade abdominal estão embebidos por hemoglobina; os órgãos do pescoço apresentam o processo de embebição hemoglobínica; não se observam fraturas dos elementos ósseos cartilaginosos; percebe-se solução de continuidade, com infiltração hemorrágica, na comissura labial direita; a carótida não apresenta alterações. Terminada a necrópsia, respondem aos quesitos: ao PRIMEIRO, sim; ao SEGUNDO, contusão da cabeça, com hemorragia subdural e contusão torácica, com fratura de costelas, ruptura do pulmão direito e hemorragia interna; ao TERCEIRO, ação contundente; ao QUARTO, prejudicado. Nada mais havendo a lavrar-se, é encerrado o presente auto, que, depois de lido e achado conforme, é assinado pelos srs. Médicos-Legistas e rubricado pelo Diretor. Paulo Martins — João Coutinho.

to patrício nosso, sacrificou uma porção de meninos para poder chegar ao orgasmo, e esse eu conheci no Manicômio Judiciário, um infeliz que sofria de fimose e não podia ter relações sexuais com ninguém, um ignorante e confuso, fechado para o mundo."

"Para com essa conversa de Émile Zola para cima de mim", diz Vilela, "eu sei que você apenas finge preocupações com problemas sociais e psicológicos, chega de demagogia, deixa essa treta para o chefe de polícia ou para os jornalistas."

Matos ri, coloca mais cerveja no seu copo.

"Além da mulher, essa Creuza, morava mais alguém no barraco?", pergunta Vilela.

"Não."

"Está tudo sem lógica nessa história. Você leu o relato de Morel?", pergunta Vilela.

"Claro que li. Já disse que ele escreve como se fosse você."

"Ele não confessa."

"Você também esqueceu o Mittermayer?", pergunta Matos. "A confissão é a prostituta das provas. Lembre-se do Crime da Arca que você mesmo investigou. Havia uma confissão falsa, por exibicionismo patológico. No seu tempo de tira, você viu pessoas confessarem por medo, por ambição, por amor, por vergonha, e outras que não confessaram por nada... Morais estava represado, contido por aquelas mulheres, pelo menino, quando começou a bater em Heloísa não se controlou, talvez Morais não quisesse usar tanta força, apenas representar o seu papel; Heloísa, por seu turno, representava o dela, os dois fingindo um para o outro, Morais achando que Heloísa queria apanhar muito e ela supondo que Morais queria bater com violência. Ambos acabaram sendo coisas que não queriam ser: assassino e vítima..."

Na cabeça de Vilela um trecho do diário: "Comprei um chicote no Au Bon Marché. Não foi fácil, procurei na seção de esportes, vi tênis, barras de ferro, mochilas, tendas, afinal perguntei, envergonhada, e me responderam 'au fond, à droit' e no meio de selas inglesas, freios e bridões, lá estava ele, o chicote que povoava os meus sonhos, duro, para a anca de uma égua no cio, para Paul, o amor de minha vida. Tenho um chicote, eu disse. Mentira, ele respondeu, me mostra. Estávamos nus na cama. Teu corpo esguio, disse Paul, teu corpo luminoso, vibrante, ele dizia coisas assim e os olhos dele brilhavam; ele tinha sempre um ar febril de quem estava com pneumonia, teu corpo enxuto, magro, de bicho solto na floresta, teus peitos pontudos, ah, minha querida... Passei o chicote para ele. Ah, meu bem, ele disse, meu amor, e segurava o chicote, negro e duro, meu amor, como um florete, quando ele me deu a primeira chicotada na perna, e outra no peito, o meu coração era só dele, minha vida era dele, dei-lhe as costas, mas Paul me virou de frente, os olhos cheios de lágrimas, e da sua boca saía um silvo fino como de uma chaleira de água fervendo."

Vilela, para Matos: "Gostaria de ter conhecido Joana".

"Heloísa? Eu a conheci na mesa de autópsia. Isso te interessa?"

"Eu li o auto de Exame Cadavérico", diz Vilela.

"Aquela frieza técnica... O corpo dela, podre e fedorento, inchado, na mesa do necrotério, como se fosse um detrito nojento, era algo acima da capacidade descritiva de qualquer legista."

Vilela se despede de Matos, pega um táxi, vai para casa.

"Você podia ter tomado café comigo hoje de manhã. Depois de tudo que me disse ontem à noite, você poderia ter sido mais gentil hoje", diz Isabel. Está arrumando roupas em duas valises.

"O que foi que eu disse?", pergunta Vilela.

"Se você não sabe o que disse, realmente a nossa situação não é boa", suspira Isabel.

"Não vamos brigar no dia da sua viagem", diz Vilela.

Na noite anterior eles haviam jantado num restaurante, com dois casais conhecidos. Durante o jantar, Isabel ficara conversando em surdina com uma das amigas, Marina. Esta, várias vezes, olhara para Vilela, visivelmente constrangida, receosa de que estivessem sendo ouvidas.

Isabel continua fazendo as malas.

"Dulce Soares... Eu conheço?"

"Não", responde Vilela.

O rosto de Isabel é o de uma mulher estranha. (O que faria Morel naquela situação?)

Isabel termina de fazer as malas.

"Você está feliz?", pergunta Vilela.

"Não sei. Você está?"

"Não."

Vilela carrega as malas de Isabel. Apaga as luzes do apartamento, fecha a porta. Descem pelo elevador, em silêncio.

De volta, deitado na cama, o diário de Heloísa ao lado, Vilela divaga.

Caçava bandidos, mas era feliz. No vazadouro de lixo, no meio do fedor e dos urubus, obrigou Jorginho a ficar nu, se ajoelhar, os dentes do prisioneiro batendo de frio e medo. "Eu não sei de nada", ele soluçou.

Ao ser acordado, no xadrez, ele perguntara, mordendo o grosso lábio inferior, num tique nervoso que mostrava seus dentes arruinados pela cárie, "Já é de manhã?". Ajoelhado, facilitava o meu trabalho, bastava esticar minha mão que empunhava o revólver, encostar o cano na sua cabeça trêmula, iluminada pela lanterna de Washington. Após o estrondo, ouviu-se apenas, na escuridão, o rufar das asas dos urubus. Não, não era feliz naquele tempo. Apenas tinha um objetivo definido: escrever. Enquanto os outros se divertiam, dormiam — escrever obsessivamente.

E agora? Horas em frente da máquina, bebendo, sem gravar uma linha.

Abre o diário.
Primeira página.

Fui ao vernissage de Ana. Sentia-me asfixiada dentro daquela sala abafada, cheia de gente, saí um pouco para respirar, estava chovendo; um homem me pegou pelo braço e disse: você não pode apanhar chuva. Ele se chama Paul Morel. Um rosto melancólico (às vezes), mas quase sempre rindo e fingindo, sorrindo, enganando que estava alegre. Vou começar a escrever um diário das coisas que acontecerem comigo, a partir de ontem, Paul Morel me pegando pelo braço, me levando para dentro da multidão. Depois uma mulher chegou perto dele, uma loura dessas que se pintam toda, que têm a cara de uma cor e o braço de outra, falou baixinho com ele, os dois saíram e quando chegaram na porta Paul olhou para mim, seu rosto inteiro me dizendo coisas, no olho fundo dele um recado que entendi. De noite sonhei com ele, assim: no renomado restaurante, caro e cheio de tradições (aqui sentava o conde Cagliostro, ali o Balzac, lá o Napoleão), as velhas pessoas que não podiam mais mexer as pernas comiam acepipes preparados com imenso refinamento. Um ou outro estrangeiro conseguia ser rico e jovem ao mesmo tempo. Os garçons (em sua hierarquia ainda mais rígida do que a dos sacerdotes e militares) serviam silenciosamente. Trepado nas minhas costas, Paul Morel fazia mirabolescos malabarismos até que, irritado, disse "meu pé escorregou!", e quando respondi "comporte-se!" ele chorou, magoado; depois Paul foi dormir e eu fiquei acordada, apenas para os turistas.

Meio.

Ontem, ao chegar em casa, de noite, com Chico, vi o carro de Morel parado na porta. Fiquei toda arrepiada. Beijei C. na boca (ele ficou surpreendido com o meu gesto inesperado). Morel se aproximou e, sem tomar conhecimento da presença de C., me levou para o carro dele. C. ficou parado na calçada com aquela cara de idiota que ele tem. C. vive me seguindo, diz que é para me proteger, mas ele é mais medroso do que um camundongo... Quer casar comigo... Eu disse que ele devia casar com uma burguesinha tradicional, uma dessas cadelinhas discretas e respeitáveis, que protegem a imagem (e as posses) do casal com unhas e dentes, pensando nos filhos e na velhice.

16

Vilela para o carro na praia. Para chegar ao barraco tem que ir a pé. Através da sola do sapato, sente a areia quente.

A porta do barraco está fechada. Empurra a porta. O homem deitado na cama dá um pulo. Uma mulher, de cócoras ao lado de um fogareiro de querosene, levanta-se. Os dois estão assustados.

"Eu queria umas informações", diz Vilela.

"O barraco é dela", diz o homem, apontando a mulher com o dedo.

"Ele morreu afogado", diz a mulher.

Por instantes, pausa tensa.

"Uma mulher foi encontrada morta aqui perto. Foi você quem encontrou o corpo?"

"Foi, doutor, a polícia falou comigo, uma moça de família. Foi o homem dela que matou."

"Como foi que você achou o corpo?"

"Os urubus estavam rodeando ali em cima, fui ver o que era, a moça estava lá caída."

"A senhora já a havia visto alguma vez?"

"Nunca."

"Nem notou nenhum movimento do suspeito?"

"Não. Tinha os moços tocando violão nas barracas."

"Você mora aqui?"

"Eu andei fora uns tempos, com minha mãe, em Mangaratiba, logo que o Félix, meu marido, morreu. Agora voltei. Esse aí é o meu primo."

Atemorizada.

"Como foi que o seu marido morreu?"

"Ele morreu afogado, doutor."

"O senhor é da polícia?" O homem, tórax largo, coberto de pelos, fita Vilela, olhos subservientes.

"Sou."

O homem passa as costas da mão na boca.

"Afogado como?"

"Ele tinha acabado de apanhar uns tatuís pra gente fazer um arroz e disse que ia nadar um pouco, entrou na água e não voltou mais."

"Você viu ele se afogar?"

"Vi. Ele caiu numa correnteza e ficou lutando para voltar, não conseguiu e acabou sumindo."

"Você não tentou socorrê-lo?"

"A praia estava vazia, era cedo ainda, eu não sei nadar."

"Você sabia que ele estava sendo procurado pela polícia? Por furto?"

"Doutor, ele era um homem bom, trabalhador. Era pobre, mas não era ladrão."

"E você?", Vilela para o homem.

"Senhor?"

"Como é o seu nome?"

"O nome dele é... José", gagueja a mulher.

"José de quê?"

"José da Silva."

"Você é mesmo primo dela?"

O homem e a mulher se olham.

"Não, senhor. Eu conheci ele na semana passada, quando voltei para o barraco."

Uma mulher magra, feia, os cabelos presos por um elástico, os dentes cariados. Um homem que mal consegue falar e talvez nem mesmo saiba usar a força dos seus braços. Duas pessoas habituadas a temer. O medo dos dois enche Vilela de repugnância.

"Você não tem um retrato do seu marido, do outro, do que morreu?"

"Não, senhor."

"Qual era mesmo o nome dele?"

"Félix."

"E você? Como ganha a vida?"

"Sou faxineiro no Hotel Nacional."

"Ele está vivendo comigo agora, a gente não pode ficar sozinha", desculpa-se a mulher.

"Vou voltar qualquer dia desses para fazer mais perguntas."

"Sim, senhor", a mulher responde.

Vilela sai do barraco, sente o sol bater no seu rosto. Ondas de espuma branca quebram na praia. O mar, uma imensa ondulante massa azul.

Rua Ministro Viveiros de Castro, 54. É dia de feira, duas mulheres e uma menina carregando sacas atulhadas de alimentos enfileiram-se no estreito corredor. Com dificuldade, roçando nas pessoas, Vilela e as mulheres sobem. Uma das sacas exala um nauseante cheiro de peixe.

Na porta do 909 há um olho mágico. Vilela aperta o botão da campainha várias vezes. Não se ouve som algum. Vilela bate na porta. Imediatamente uma voz de mulher, do lado de dentro, pergunta:

"Quem é?"

"Polícia. Quero falar com dona Lilian Marques."

"Ela não está."

"Quer fazer o favor de abrir a porta?"

"Para quê?"

"Quero falar com a senhora."

"Eu não estou vestida."

"Então vá se vestir. Eu espero."

Um homem, todo de preto, com a solenidade barata de um papa-defuntos, abre a porta no fim do corredor e observa Vilela.

"O senhor quer alguma coisa?", pergunta Vilela irritado.

"Eu moro aqui."

"Então vá para casa. Ou vá passear. Deixe a polícia trabalhar em paz."

O homem volta para o seu apartamento. Deve estar com o ouvido colado na porta.

A porta do 909 é entreaberta, presa por uma corrente; uma mulher loura, jovem, pergunta: "Qual é o assunto?".

Vilela demora a responder. Depois de olhar a mulher fixamente, diz em voz baixa: "Dona Lilian, abre a porta. A senhora já me fez esperar muito tempo".

Lilian fecha a porta. Barulho de corrente. A porta é aberta.

Vilela entra no apartamento. Quarto, minúscula saleta, kitchenette embutida na parede. A cama, de casal, ocupa quase todo o espaço. Sobre a mesa de cabeceira um rádio de pilha; estante pequena, com livros; aparelho de televisão de catorze polegadas; guarda-roupa; posters na parede — Greta Garbo, em *A dama das camélias*; uma criança negra seminua e suja, acocorada ao lado de dois adultos, um homem e uma mulher, mortos; Lilian.

"Bonita fotografia", diz Vilela apontando para o poster de Lilian.

"Foi feita por um fotógrafo maravilhoso."

"E esse?"

"O senhor veio aqui para fazer perguntas sobre os meus posters?"

"Não, senhora", diz Vilela gentilmente, querendo ganhar a confiança de Lilian, "apenas fico imaginando por que alguém coloca na parede uma fotografia tão triste."

"Para me lembrar que o mundo é isso."

"Se a senhora precisa ser lembrada... Eu queria lhe fazer algumas perguntas sobre a morte de Heloísa Wiedecker."

"Não sei quem é."

"A senhora sabe sim. Morou com ela na casa de Paul Morel. Ele é acusado de tê-la assassinado."

"Mas eu não sei de nada. Quem foi que lhe deu o meu endereço?"

"O Morel me disse que a senhora era modelo..."

"O Morel fez essa sujeira comigo?"

"Ele não fez sujeira nenhuma. Ele está escrevendo um livro. Nesse livro existe uma Carmem, modelo de uma agência inexistente. Mas o modelo existia. Não tive dificuldade em encontrar a pessoa descrita por Morel."

"Ele lhe deu o livro para ler?"

"Tenho certeza que o Morel não esperava que eu a identificasse."

"Ele é muito ingênuo. Ele acredita nas pessoas. Às vezes chega a ser infantil", diz Lilian. "Que nome mais bobo ele inventou para mim."

"Todo escritor tem dificuldade de arranjar nomes."

"E para as outras? Que nomes ele arranjou?"

"A Heloísa Wiedecker ele denomina Joana Monteiro Viana; a pintora Aracy, de Ismênia. As outras duas eu ainda não localizei. No livro elas se chamam Elisa Gonçalves e Lígia. Qual é o nome verdadeiro delas?"

"Não sei."

"Sabe sim, pode dizer sem medo. Eu quero ajudar Morel."

Lilian, aflita: "Não sei, não sei!".

"Fique tranquila... O nome delas não tem importância..."

"Ele está bem, o Morel?"

"Está."

"Eu não tinha coragem de ir lá... Agora que vocês me descobriram, acho que vou."

"Ele ficará feliz com a sua visita. Tenho a impressão, pelo que li, que ele gostava da Carmem... E o seu filho?"

"Está novamente com a mulher que tomava conta dele. Ele não podia ficar aqui comigo, entendeu? Enquanto morei na casa de Morel, não tinha problema, deixei de trabalhar, podia tomar conta dele."

"Como é que funcionava a família de vocês?"

"Heloísa era uma pessoa muito doida. Ou estava muito alegre ou muito triste, toda esculhambada ou na maior elegância, muito gentil ou muito grosseira, com ela não havia meio-termo. Acho que ela não gostava da gente. Odiava a... grã-fina."

"A grã-fina morava com vocês?"

"Não, não morava, ela era casada. Mas passava dias inteiros na nossa casa, participava das nossas brincadeiras, cozinhava, aprendia a pintar com a Aracy."

"Que brincadeiras vocês faziam?"

"Brincávamos de teatrinho, cada um inventava uma história que todos tinham de representar, era muito engraçado. Fazíamos filmes. Era bacana."

"Morel participava?"

"As ideias eram dele."

"E Heloísa?"

"Às vezes ela brincava. Ela gostava mais de fazer cinema e de cantar, sabia todas as músicas, tinha uma voz muito bonita. Tocava violão muito bem. Nós viveríamos muito felizes, se a Heloísa não fosse tão ciumenta. Passávamos filmes, daqueles bem... sabe como é..."

"Ela gostava muito de Morel?", pergunta Vilela.

"Todas nós gostávamos muito de Morel. Eu estava apaixonada por ele."

"Vocês não se incomodavam dele ir para a cama com outra?"

"No princípio aquilo me perturbava um pouco, mas nas nossas conversas esse assunto era sempre discutido, até no teatrinho nós representamos a nossa situação. Eu acabei vendo que aquilo não tinha nada de mais. Nós éramos uma família."

"Mas quem mandava era Morel."

"Ninguém mandava, apenas a casa era dele. Ele queria ter várias mulheres e nós estávamos cansadas de homem, um chegava para nós. Eu tive muitos e enchi."

"Você leu o diário de Heloísa?

"Que diário?"

"Um diário que ela estava escrevendo, num caderno grosso de capa verde."

"Não. O que é que estava escrito nele?"

"Essas coisas que existem em todos os diários."

"Sabe de uma coisa? Pra policial, você até que é simpático."

"Muito obrigado."

"Os tiras que eu conheci antes eram muito estúpidos. Você é detetive?"

"Sou."

"Deve ser uma vida difícil."

"É sim."

"A sua mulher gosta que você seja polícia?"

"Ela também não gostaria se eu fosse bancário ou escritor."

Lilian sorri. Um corpo perfeito, uma cômoda (e atraente) impressão de vulgaridade.

Batem na porta. É um homem de cabelos compridos, pálido. Agarra-se ao batente, parecendo ter dificuldade de se manter em pé.

"Desculpe, eu não sabia que você estava ocupada."

"Entre, eu já vou embora", diz Vilela. Um gesto de despedida, ao sair.

Num restaurante, Vilela almoça. Acende um charuto, lê no pequeno invólucro vermelho — *Romeo y Julieta*, Rodrigues Arguelles y Cia., Habana. É o último e Vilela está decidido a saboreá-lo lentamente, mantendo o fumo por longo tempo dentro da boca, o gosto acre na língua, engrossando a saliva. Qual das mulheres teria enviado o diário de Heloísa para a polícia? Ismênia-Aracy? Elisa? Carmem-Lilian?

Aracy está esperando por Vilela. "A senhora não precisa vir à delegacia, eu irei à sua casa, apenas esclarecer alguns pontos."

O charuto acaba.

Aracy, logo que abre a porta: "Qual é o assunto?".

"Alguns detalhes, coisa rápida. Posso entrar?"

"Entre", Aracy, sem esconder sua impaciência.

"Posso sentar?"

"Não. Prefiro falar com o senhor de pé, assim será mais rápido."

Vilela diz a Aracy que a polícia sabe que ela morou com Heloísa na casa de Morel. Enquanto fala com Aracy a mente de Vilela divaga lembrando pedaços do texto de Morel e do diário de Heloísa. Tem vontade de pedir a Aracy que cozinhe macarrão para ele, mas controla o seu surpreendente impulso.

"Gostaria que a senhora me falasse sobre Paul Morel."

"Falar o quê?", Aracy limpa as mãos sujas de tinta na calça de brim azul. "Eu mal o conhecia."

"A senhora morou na casa dele quando era um jovem estudante. Como foi isso?"

"Acho melhor o senhor se sentar." Aracy cai numa cadeira com um suspiro. "Como foi? Eu vim do Norte e aluguei um quarto na casa da mãe dele. Paul era um garoto inexpressivo que me seguia dentro de casa, como um cachorrinho. Morei lá, mais ou menos um ano, e quando o reencontrei, anos mais tarde, não o reconheci."

"Por quê?"

"Ele estava mudado, não era mais um rapazinho tímido... era um homem cínico e amargo. Mudara de nome."

"A senhora acha que ele seria capaz de matar Heloísa?"

"É chato ter que dizer isso, mas acho que sim."

"E Heloísa? Que tipo de pessoa ela era?"

"Uma moça mimada, rica. Logo que a conheci, Heloísa me disse: 'É preferível ser comida pelo lobo do que passar a vida dentro da casa de tijolos, como o porquinho prudente'."

"Foi a senhora quem enviou o diário de Heloísa para a polícia?"

"Que diário? Nem sei do que se trata."

Vilela sabe que Aracy está mentindo.

"Um caderno de capa amarela."

"Nem amarela, nem verde. Aliás não gosto da combinação, parece bandeira do Brasil."

"Dona Aracy, eu não quero descobrir nada que a prejudique, eu estou interessado apenas na trama", Vilela.

Vilela se acha parecido com Morel — a mesma vida marcada pela pobreza, a solidão, a repugnância pela violência. O sadismo de Morel perturba Vilela. Ele sente o mesmo impulso vital para a violência, não uma selvagem manifestação de atavismo, mas o desejo maduro e lúcido, que permitia a Morel a consciência da própria crueldade.

Diário:

Ele me bate e abre para mim o cofre fechado dos meus tormentos. Meu corpo começou a ficar marcado de roxo, meus lábios estão inchados, eu estou muito cansada e ele me perguntou, com a respiração ofegante (coitadinho, ele também está exausto), se eu queria que ele batesse mais e eu respondi que sim e ele continuou me dando socos, cada vez mais fracos, talvez eu sentisse menos por estar anestesiada, o que sei é que as pancadas já não doíam tanto. Depois ele parou e limpou a minha boca, eu levantei, fui olhar meu rosto no banheiro, minha boca inchada sangrava, apertei bem os lábios, para que o sangue esguichasse bem em cima do ferimento, abri um buraco na carne, o sangue descendo pelo queixo, pingando no ladrilho branco do chão do banheiro, cuspi sangrento na parede e quando tudo estava muito sujo gritei Paul! Paul! e ele veio correndo, parou ante toda aquela imundície, assustado, dizendo meu bem, amor da minha vida, parecia que ia se ajoelhar pedindo perdão, fingi que estava praticamente morta, abri a boca como um peixe fora d'água. Paul me abraçou, me levou para a cama, com uma toalha limpou novamente o meu sangue, vi que ele queria chorar, um desejo secreto mantido insatisfeito por muitos anos aflorava com toda a força, as lágrimas descendo pelo seu rosto másculo, uma extasiante sensação de fraternidade no sacrifício e na dor, nossas almas satisfeitas, Paul dizendo, meu amor divino, meu bem, eu estou muito só e infeliz, querida, me ajuda, deitou o rosto no meu peito, ele estava trêmulo e frágil, como uma pessoa cheia de inimigos dos quais tivesse fugido apenas alguns instantes, os músculos do seu rosto tensos; não me mexi longo tempo, meu corpo doendo da posição imóvel, mas não queria despertá-lo e aguentei até de madrugada, quando ele estremeceu fortemente dizendo, o que foi? o que foi?, saindo de um pesadelo; eu respondi, não foi nada, não se preocupe, tudo está bem, você está sentindo alguma coisa?, fica sossegado, bobão, você está com fome, brinquei e falei muito para que ele acordasse, e saísse do meu colo e eu pudesse me espreguiçar, descansar sem aquele peso em cima de mim.

"Paul não conseguiu fugir de sua vítima", diz Vilela.

"Heloísa me disse uma vez que toda mulher era masoquista", diz Aracy, mostrando um ressentimento não aliviado pela morte. "Ela supunha que o mundo era feito à sua imagem e semelhança. Mas eu não deixaria nunca que um homem me batesse daquela maneira, nunca!"

"Nem tudo que Heloísa conta no seu diário é verdade", diz Vilela, astuciosamente.

"Ninguém teria imaginação suficientemente doentia para confessar falsamente aquelas ignomínias", diz Aracy.

"A senhora acaba de admitir que leu o diário. Por que não reconhece também que o enviou à polícia", Vilela secamente, como um médico instruindo um doente.

"Bem", suspira Aracy, "eu li sim e fiquei horrorizada. Heloísa era muito descuidada e deixava o diário jogado pela casa. Mas não fui eu quem entregou o livro à polícia."

"A senhora tem ideia de quem possa ter sido?"

Aracy: "Eu realmente não posso perder mais tempo com isso. Já falei tudo que podia interessar a vocês, gostaria que me deixassem em paz".

Na porta, Aracy para Vilela: "Eu gosto muito de minha casa, das tábuas largas enceradas no chão, dos tapetes, dos objetos, dos quadros, do banheiro com tudo lá dentro, dos meus discos e minhas fitas, meus livros, poltronas, sofás, cortinas".

Enquanto fala, ela percorre com o olhar os cantos de sua sala.

"Nunca mais pretendo sair daqui."

Ao chegar em casa, Vilela encontra a carta.

Fernando,

Sei que deveria dizer isto tudo pessoalmente, mas não tive coragem. Não quero continuar vivendo com você. Não nos amamos mais e nossa separação será um alívio para ambos. Minha vida tem sido um tormento. É tudo que sei.

Isabel

17

Vilela a Morel:

"Quem é Francisco?"

"Um sujeito apaixonado por Heloísa. Nós não resistimos ao seu envolvimento, ele nos divertia. Eu o conheci assim: ele me convidou para almoçar e levou uma jovem com ele, muito bonita, que só abria a boca para enfiar o garfo com comida. Olha, ele foi logo dizendo, a menina aqui, linda, doce, submissa, é minha, eu comprei... estou pagando à prestação, evidentemente... esta joia estou dando a você, chama-se Nádia e junto com ela, de bonificação, uma moto Suzuki 750 e mais uma parte em dinheiro vivo — tudo isso em troca de Heloísa. Estou apaixonado por Heloísa e serei capaz de cometer todas as vilezas, ser o seu bobo da corte, qualquer coisa. Eu respondi dizendo que antigamente os brasileiros apaixonados ateavam fogo às vestes (onde anda essa gente maravilhosa?) e perguntei a Francisco, essa moça é do plantel do Gaston? Ele respondeu, plantel? Pelo amor de Deus, comprei em Santa Catarina, num lugarejo perto de São Joaquim, onde neva, uma paisagem linda, comprei diretamente do pai, é neta de alemães, lê Goethe no original!" Enquanto isso, a putinha fazia um ar de ingenuidade, aprendido em novelas de TV.

"Quem é Gaston?"

"Gaston Damian, casado com uma tal Doris Hesse. Nomes falsos. Todo mundo os conhece."

"Não é do meu tempo. O Francisco seguia vocês, nas caminhadas que faziam?"

"Tinha que correr para nos acompanhar. Ele era gordo e baixinho. Nós fingíamos que não o víamos."

"No dia da morte de Heloísa ele seguiu vocês até a praia?"

"Não sei. Acho que não."

"Você tem fotos de Heloísa?"

"Um monte: slides, prints, filmes em super-oito."

"Eu podia ver isso? Tenho muita vontade de ver fotos de Heloísa."

"Está tudo dentro de um arquivo no estúdio de minha casa. A maioria dos slides é em trinta e cinco, mas tem muito seis por seis, que eu fiz com a Hasselblad. Os slides estão arquivados em lâminas de plástico transparente. Os prints ampliados, entre folhas grandes de papelão cinza. Os filmes estão dentro de latas numa das prateleiras da estante de livros. Você tem os projetores?"

"Tenho. Como é que eu faço para apanhar os filmes?"

"Uma empregada toma conta da casa, uma senhora chamada dona Benedita, que foi cozinheira da nossa casa quando eu era menino e voltou quando eu fui preso. Escrevo um bilhete para ela."

D. Benedita,

O portador, sr. Fernando Vilela, está autorizado por mim a entrar em casa e apanhar filmes, fotos, livros e outros objetos. Favor ajudá-lo. Obrigado. Paulo.

"Livros?"

"Para mim. *O enigma socrático*, de um tal Spiegelberg. Tenho esse livro há mais de dez anos. Pelo menos isso o sujeito pode fazer na prisão — ler os livros que deixou para amanhã."

"Os livros estão colocados em que ordem?"

"Nenhuma. Vai ser difícil encontrá-lo."

Na casa de Morel.

D. Benedita é uma mulher branca, de cabelos grisalhos. Vilela mostra a ela o bilhete de Morel.

"Como vai o Paulinho? A última vez que estive na cadeia ele estava tão magrinho..."

A mulher tira um lenço do avental, preparando-se para chorar.

"Ele está bem..."

"A maldade que fizeram com ele! Ele vai ficar muito tempo preso?" A mulher funga, leva o lenço aos olhos, limpa o nariz.

"Não sei. A senhora quer me levar ao estúdio?"

A casa tem dois andares, um ao nível da rua, outro abaixo, na encosta do morro. O estúdio fica no primeiro andar.

"O senhor quer ver o jardim?", pergunta d. Benedita.

"Obrigado, mas não tenho tempo."

Num engradado de madeira, as pastas cinzentas. Vilela apanha uma foto. O rosto de uma mulher jovem, o lado direito iluminado por uma pálida claridade amarelada; a outra face emerge de uma penumbra sépia. São dois rostos diferentes, um o reverso do outro; o modelo olha para o homem atrás da máquina e vê ela mesma como seria agora, revelada. Vilela examina outra foto. A mesma mulher loura, nua, numa cama de lençóis brancos. A mulher deve ter acabado de acordar, o corpo ainda lânguido do torpor do sono; o corpo da mulher e os lençóis desarrumados parecem envoltos numa nuvem de pó de açafrão.

Vilela coloca as fotos na pasta cinzenta. Não quer ver os outros, naquele instante. Com a ajuda de d. Benedita, transporta as fotos e os filmes para o seu carro. Parte, esquecendo-se do livro pedido por Morel.

Vilela em casa. Foto: mulher loura, agora de cabelos negros. *Depois abriu a boca e os dentes surgiram como um jato de luz no seu rosto moreno. Os mamilos cor-de-rosa.* Podia ser a mesma mulher. Joana. Foto: três mulheres nuas, sentadas em meditação ioga, a do meio, os braços abertos, segura delicadamente, entre os dedos indicador e polegar de cada mão, os seios das outras duas. Vilela reconhece Lilian e Aracy. A do meio só pode ser Joana. Uma mulher de muitos rostos, que Vilela contempla, foto após foto, fascinado.

Filme. Na lata está escrito *Apresentação da família.* Joana, cabelos pretos, segurando um microfone.

> JOANA: Alô, meu nome é Heloísa Wiedecker. Esse Wiedecker é suíço. O que é que eu digo mais? (Heloísa interroga a câmera, vira as mãos para cima. Off: palavras não identificadas.) Está bem. Meu pai é embaixador e minha mãe já foi a hostess do ano. Sou membro da família Morel, mas até agora ainda não matamos nada, nem artista de

cinema, nem mosca, pois nosso chefe é muito bonzinho... Não somos uma família famosa, nunca teremos nossos retratos nos jornais e nem mesmo seremos artigo na revista brasileira de sociologia, se é que isso existe. Acabou. Hoje não estou com muito saco. (Joana estica o braço com o microfone. Surge Lilian.)

LILIAN: Meu nome é Lilian. Eu era puta... O quê? (Lilian chega o corpo para a frente, para ouvir melhor. Off: palavras não identificadas.) Não sou mais não, tá? Fui salva por esta família. Depoimento para a posteridade: ser puta é muito chato, é muito melhor ser mulher de família... Tenho dito. (Lilian passa o microfone para Aracy.)

ARACY: Meu nome é Aracy Batista, mas sou conhecida apenas como Aracy, só. Sou pintora, ingênua, primitiva, naïve, o que quiserem. Gosto de pintar porque amo as formas coloridas; sou ignorante, como todo mundo. Me sinto protegida pela família. Família é necessário. Espero que a gente fique para sempre juntos. Amém. Agora você. (Aracy passa o microfone para Morel.)

MOREL: Eu poderia começar dizendo... E assim o inimigo do homem será sua própria família, Mateus dez, trinta e seis, porém Mateus estava enganado, ter uma família grande como a minha, cheia de mulheres maravilhosas, é sensacional, e seria melhor ainda se vocês não me dessem tanto mingau de aveia.

18

Vilela telefona a Matos e pergunta se eles investigaram a mulher do barraco.

"Claro."

"E o homem que vive com ela? Um sujeito que ela arranjou depois que o marido morreu? Ele ainda não morava lá, quando Heloísa foi assassinada. A mulher o conheceu depois."

"Você está gostando de brincar de polícia?"

"Não muito."

Identificar Elisa fora uma surpresa excitante.

"Você conhece todas as mulheres do society. Existe alguma com essa cara?", Vilela pergunta a um colunista social, seu conhecido.

"Ossuda? O que você quer dizer com isso?"

Não havia sido fácil. Pela descrição de Morel ela poderia ser: Bebel Azambuja, Cléo Vargas, Marta Cunha, Eunice Araujo.

"Todas fingem gostar de arte, têm maridos cornos e casa com escadas de mármore", dissera o colunista.

Marta Cunha. Vilela sonha com o passado.

Vilela visita Morel. Transcorreu um mês, desde que estiveram juntos da última vez.

"Pensei que você não vinha mais aqui", diz Morel.

"Eu estava ocupado."

"Eu também", irônico-irado.

"Escreveu muito?"

"Você sabe que não. Desisti. Rasga aquela merda toda."

"Está bem."

"Eu exijo, entendeu?"

"Trarei tudo aqui. Você mesmo rasga."

"Literatura é uma tolice. Raymond Chandler é melhor que Dostoiévski, mas ninguém tem coragem de dizer isso."

"Você já disse isso da arte, no seu livro."

"Rasga aquela merda!", Morel enfurecido.

"Eu li o diário de Joana. Há muita coisa ali que eu não entendo e quero entender. Você podia me ajudar."

"Por que eu haveria de te ajudar? Por que você está me ajudando?"

"Gostaria muito de saber se as coisas que aconteceram com você poderiam ter acontecido comigo."

Morel, sarcástico: "Oh!, não, cada um tem o seu próprio destino traçado com exclusividade pelos Deuses, como numa tragédia de Eurípides".

"Eu não vim aqui para brigar com você, Morel, eu vim..."

"Me chama de Morais, como o doutor Matos."

"...eu vim para conversar com você, eu quero te ajudar e quero que você me ajude."

Morel examina o rosto de Vilela. "Está bem, não vamos brigar."

"Terei que fazer perguntas que talvez façam você sofrer."

"Eu não sou assim tão delicado..."

"Serão perguntas desagradáveis."

"Pode fazer."

"Quando foi que você bateu em alguém pela primeira vez, durante o ato sexual?"

"Foi com essa moça."

Pausa.

"Continue..."

"Heloísa... Heloísa..."

"Como foi?, no princípio?"

"Um dia ela me pediu que eu a apertasse com força, foi pedindo mais força e de repente mandou que eu batesse nela..."

"Mandou?"

"Mandou... pediu..."

"E você bateu?"

"Bati, bati e depois senti uma enorme repugnância. Não quis vê-la durante muito tempo."

"Mas acabou voltando a se encontrar com ela."

"Eu a amava..."

"Como foi que vocês reataram?"

"Ela telefonava sempre para mim, apesar de eu ter me afastado... Um dia atendi o telefone... Da segunda vez já não achei ruim; não tive tanto nojo."

Longa pausa.

"Cada vez eu batia com mais força nela. Depois de algum tempo isso já não me incomodava mais..."

"E você sentia prazer?"

"Não sei... sentia e não sentia..."

Pausa.

"E Heloísa?"

"Ela atingia o orgasmo no instante em que eu batia nela. Eu não."

"Você nunca teve orgasmo batendo nela?"

"Não. Mas bater nela me excitava."

"E você batia cada vez com mais força?"

"Eu gostava muito dela, fazia tudo que ela me pedia. Nós queríamos satisfazer um ao outro. Eu não queria sentir apenas o prazer de unir o meu corpo ao dela, queria fazê-la gozar alucinadamente. Nós sempre dizíamos depois, um ao outro, foi bom, maravilhoso, não foi? foi melhor do que ontem, não foi?, esperando que o outro respondesse que sim, que tinha sido incrível, melhor do que nunca. Eu batia nela cada vez com mais violência, para ser continuadamente melhor do que nunca, do que ontem."

"Você tomava a iniciativa?"

Pausa.

"Muitas vezes." Com azedume, "eu disse que me excitava, não disse?".

"Disse. Como é que você batia nela?"

"Com a mão..."

"Só com a mão?"

"Não... às vezes usávamos coisas, instrumentos..."

"Que coisas?"

"Chicotes, coisas assim..."

"Alguma vez ela pediu que você a amarrasse?"

"Sim... bater nela foi virando uma liturgia, uma cerimônia eucarística, a crucificação, recriada com as suas bênçãos..."

"Você pode desenvolver esse ponto?"

"Isso me veio agora, em nossa conversa, não sei dizer bem, era como se fosse uma ação de graças, o espírito tomando consciência do corpo, um se inteirando do outro, algo assim... Eu sentia que ali havia um caminho, mas não sabia para onde... Houve um momento que pensei que aquela crueldade intermitente fazia de nós pessoas melhores, nos redimia... Um dia deixei de bater nela, pouco antes de... não, naquele dia eu bati..."

"Ela pediu?"

"Ela gritava, me mostra que você está aqui do meu lado, prova que você existe, me mata!"

"Você escreveu diferente, nos papéis que me mostrou."

"Só agora me lembrei. Eu me sinto morta, ela disse, mas se você me matar eu estou viva. Anda, vem, me arrebenta, põe o demônio no meu corpo."

"Você matou Joana?"

"Não."

"Você escreveu que a deixou no chão, ferida, e foi embora. Ela podia ter morrido."

"Ela foi morta por alguém que chegou depois que eu me afastei."

"Você pode ter se esquecido, bloqueado a memória, inconscientemente."

"Eu me lembro de tudo, com muita lucidez. Deixei Joana viva, tenho certeza."

"Você escreveu mais alguma coisa?"

"Não."

"Você não pode parar agora."

"Nada tenho para dizer."

"Mas você escreveu, ou não?"

"Escrevi. Joana pediu para eu arranjar uma mulher para sair com a gente. Ela não queria nada com Ismênia e Carmem. Uma intermediária me arranjou o telefone de uma garota que topava um programa duplo. Eu liguei para ela e combinei o encontro. A garota disse que estaria usando calça branca e blusa roxa."

"Você escreveu esse episódio?"

"Escrevi. Achei importante, para explicar Joana."

"Então me dá. Eu leio e rasgo, com as outras coisas."

"Você rasga mesmo?" Vilela sente que Morel não quer mais que ele rasgue os papéis; talvez nunca tivesse querido.

"Depois a gente vê. O nome Paul Morel foi tirado do livro do Lawrence?"

"Não. Mera coincidência."

Ela disse que estaria usando calça branca e blusa roxa.

"Espero você dentro de um carro vermelho, na esquina", eu disse.

Ao longe, ela caminhava iluminada pelas luzes da vitrine da loja.

"Que tal?", perguntei para Joana ao meu lado.

"Serve", disse Joana.

"O nome dela é Sônia."

Saltei do carro.

"Oi", disse Sônia. Os dentes eram certos, brancos e agudos como os de um cachorro novo.

"Entra por aqui mesmo." Mostrei a porta aberta do banco dianteiro. Do outro lado os carros passavam em alta velocidade.

Enquanto seguíamos para o restaurante, as duas conversavam animadamente. Pareciam velhas amigas, trocando informações úteis.

"Você é casada?", perguntei.

"Fui. Como é que você adivinhou? Eu só tenho dezenove anos, acho que não tenho cara de mulher casada."

"A marca branca no dedo."

"Eu nunca tiro a aliança. Tirei para mandar polir."

Sônia disse que no fim da semana ia para o interior, onde morava o pai.

"Tua mão é igual à minha", estendi para ela a minha mão aberta, na vertical. Sônia, do outro lado da mesa, encostou a mão na minha. Era do mesmo tamanho.

"Mão de trabalhador do campo", eu disse.

"Eu trabalhei mesmo no campo", Sônia sorrindo, divertida. "Você sabe tudo."

"Ele é um gênio", disse Joana.

"Você vai fazer o quê, na casa do seu pai?"

"Ele é abatedor de animais."

"Ele abate o quê?", perguntou Joana.

"Porcos, carneiros, cabritos, galinhas, tudo."

"E você vê", a mão de Joana tocou a de Sônia.

"Vê? Eu *ajudo* ele."

"Você mata?", Joana interessada.

"Claro. Matei meu primeiro leitão aos dez anos."

"Como é que se mata um leitão?" A mão de Joana que segurava o cigarro tremia, mas o rosto não mostrava sua crescente excitação.

"Você segura o focinho, põe o joelho em cima e mete a faca aqui", Sônia mostrou a própria omoplata esquerda.

"Fascinante", murmurou Joana.

"Cabrito é mais difícil. Você mata no pescoço, e pescoço de cabrito é ossudo como o de galinha, e muito mais duro. Galinha eu mato que é uma perfeição. Seguro com a mão as duas asas, usando estes dedos, e com estes eu seguro a cabeça. Assim." Um gesto rápido. "Depois é só cortar o pescoço com a faca na outra mão."

"Quando você mata, o sangue esguicha?", Joana.

"Esguicha."

"Vermelho?"

"Claro que é vermelho."

"E você fica suja de sangue?"

"Um pouco."

"Nas mãos?"

"Nas mãos, nos braços, na roupa."

"E o cheiro do sangue?"

"Engraçado, eu não sei mais como é o cheiro de sangue. Me acostumei."

A boca muito aberta, Sônia começou a rir. Logo estávamos todos dando grandes gargalhadas. Os outros fregueses do restaurante olhavam disfarçadamente para nós.

"Como é a faca?" Joana, quando o riso acabou.

"É assim": a ponta fina se alargando nas duas longas linhas que Sônia traçava na toalha.

Bebemos martíni, whisky e vinho.

"Se você não segurar o focinho do porco, ele dá um grito horripilante na hora de morrer."

"Você mata boi?" Joana segurou a mão de Sônia.

"Não. O que nós sabemos é usar a faca. Boi não se mata com faca. Porco grande, que tem que tontear antes, nós gostamos de matar. Papai toma um cuidado enorme na hora de bater na cabeça dele, para não estragar a cabeça. Se arrebentar a cabeça, eles não compram. Então papai bate com uma barra de ferro na orelha. A gente tem que correr e enfiar a faca, não pode perder um segundo."

"E sua mãe? Ela também abate?"

"Mamãe? Não. Ela era alta e musculosa como eu, mas não sabia matar. Não gostava."

"Você gosta mais de seu pai?", perguntei.

"Ela gosta mais da mãe", disse Joana.

"Mamãe morreu quando eu tinha quinze anos."

"Mas você gostava mais dela."

"Ela me batia. Papai nunca me bateu."

"É bom ter um pai", Joana, reminiscente.

"Papai faz tudo que eu quero. A melhor coisa que aconteceu foi eu me separar do meu marido e voltar para ele."

"Meu pai", disse Joana, "prometeu me levar ao cinema com as minhas primas. Eu era pequena, ele disse 'vou levar você ao cinema com as suas primas', me vesti toda, fiquei esperando, mas ele não me levou. Ele disse que ia, mas não foi. Deve ser bom ter um pai que cumpre o que promete."

"Meu pai cumpre o que promete", disse Sônia.

Quando saímos do restaurante as duas estavam bêbadas. Cochichavam abraçadas. Saltaram do carro de braço dado.

No apartamento de Sônia ligaram a vitrola no volume máximo e dançaram como loucas, nuas. Eu também tirei a roupa, sentei no sofá e fiquei olhando as duas. Ambas tinham o mesmo corpo longo, de carnes rijas. Joana fazia ginástica e balé; Sônia, na infância (e na adolescência), abatera animais, plantara e colhera legumes e verduras. A visão dos corpos perfeitos em movimento me emocionou fortemente. As duas começaram a bater nas paredes, jogaram quadros no chão, arrebentaram o abajur.

Acendi a luz do teto, "calma, meninas!".

Elas dançaram abraçadas, beijando-se.

"Vamos para a cama", eu disse.

Foi uma loucura.

Estava no banheiro depois, quando a música parou na sala. Fechei a torneira. Ouvi o murmúrio das vozes delas, falando em surdina, como conspiradores. Tive a impressão de insetos roendo alguma coisa. Na kitchenette havia um facão afiado, de cabo negro. Senti medo.

Quando saí, as duas estavam em pé, abraçadas, ligadas, cara a cara. "Me morde", dizia Joana. Foram juntas para o banheiro.

Sobre a mesa havia restos de flores. Saudades, num pote de barro.

"Você me mostra mesmo?" Joana, ao saírem do banheiro.

"Mostro", Sônia.

"Deixa eu fazer?"

"São quatro horas de viagem", Sônia.

"Você quer vir?", Joana me perguntou.

Eu não estava interessado. Elas marcaram a viagem para o dia seguinte, antes do fim da semana.

19

Diário:

Quando Morel me convidou para a família eu concordei. Acreditava que era possível existirem laços de família que não fossem de arame farpado. O casamento institucionaliza a ideologia burguesa da segurança, corrompe a vida emocional das pessoas. Não conheço um casal feliz, um sequer. Conheço os hipócritas, construtores de fachadas-do-que-fica-bem, infelizes que à noite se deitam juntos como velhos companheiros de uma miserável hospedaria, ignorando, ou indiferentes aos tormentos que afligem o parceiro. Esses casais têm apenas um objetivo: comprar coisas, ser respeitáveis, eficientes, influentes, todas as formas secretas ou ostensivas de corrupção. Toda esposa é uma mulher frustrada. Sou ainda muito jovem, mas observei muitas mulheres casadas, em casa, no cabeleireiro, na rua, na escola, no supermercado, em todo lugar, e são todas infelizes, umas mais conformadas ou silenciosas do que as outras, mas todas estragando a própria vida, envelhecendo desgraçadas, sem poder sair do buraco em que se meteram. E os homens são também uns infelizes e sofrem tanto no seu papel autocrático cretino quanto a mulher no dela. Sei que quem ler este diário pensará: esta moça está dizendo bobagens. Pois fiquem sabendo (o mundo inteiro) que eu tenho apenas vinte e um anos mas sei das coisas, isso de família coletiva não existe. Como tomar decisões em comum, quando as pessoas são tão diferentes? Como Lilian, Aracy, eu e Morel? A gente quer se libertar da tradição, substituindo-a por receitas de revistas coloridas vendidas nas bancas da av. N. S. de Copacabana? É assim a nossa família moderna — uma fórmula de como adaptar antigas convenções aos novos tempos: "vamos todos participar, viver comunitariamente, repartir" — dá vontade de vomitar. Tem que ser tudo modificado, tudo! *Uma família não pode ser substituída por outra família, não importa o qualitativo que se juntar. Tem que acabar tudo tudo tudo!, a vida é curta, minha gente, será que vocês não veem isso? Estou espremida por todos os lados, Paul tem razão; é realmente fantástico existirem tão poucos fugitivos, através da loucura ou da morte, ninguém pode aguentar todas as leis, não faça isso, faça aquilo, o desodorante, o pente, o sapato, a ordem. Quem me dera ser uma mulher primitiva e me preocupar apenas com o sol e a chuva.*

Sonho: estou dançando com grande vibração, um homem agarrando a mim, por trás. É Paul, com o semblante triste, estamos os dois num vídeo da televisão, sou entrevistada e digo apontando para Paul: ele é diferente dos outros, eu o chamava de paizinho no instante em que ele fazia sacanagem comigo perante todos os telespectadores. Este é um programa transmitido reservadamente para adultos equilibrados selecionados pelas autoridades governamentais, diz a locutora com voz empontada, de preto e óculos, Canal Cultura.

Vilela está na casa de Gomes, o editor.

"Ao contrário da crença geral, pensar, ver, agir eroticamente com intensidade, constantemente, não diminui o interesse sexual, nem torna sexo uma coisa aborrecida, fatigante ou nauseante", diz Gomes. "Quanto mais comemos mais gostamos de comida e queremos comer. Assim também com o sexo, nunca se atinge um ponto de saturação."

"O que aconteceu com o livro ilustrado por Morel?"

"*Vênus R. B.*? Foi apreendido pela censura, sou uma vítima das forças da repressão, como Protágoras, que fugiu da Atenas de Péricles para não ser preso, mas mesmo assim teve seus livros queimados; como Sócrates, que foi morto porque queria liberdade para discutir suas ideias. Eu sabia isso tudo de cor, uma longa e fundamentada argumentação, cheia de nomes e fatos, mas só me lembro desses dois." Sorriso cínico.

Gomes, sentado atrás de uma mesa inteiramente vazia, abre uma gaveta, retira um livro.

"Uma verdadeira obra-prima, *Vênus R. B.*, que o obscurantismo tenta destruir, com o apoio de defensores oportunistas, como Platão — ou seria Eurípides?, não, esse também foi perseguido, que diabo! Onde anda aquele maldito papel com todas essas informações?" Gomes revira as gavetas, pragueja suavemente.

Vênus R. B.

"Um livro debochado, depravado, escabroso, pernicioso e subversivo, disse o censor, mas o livro é acima de tudo patos (a palavra grega, sim?); faz com que o leitor se apiade da condição humana. Você quer editar o seu próximo livro comigo?"

"Já estou comprometido com outro editor", Vilela.

"O que acha você de *Vênus?*"

"Está bem impresso."

"Veja a vagina de Morel."

Os dois homens contemplam o intrincado desenho.

"A cabeça dele já não andava muito boa nesta época", Gomes.

"Como?"

"Um dia eu o convidei para uma reunião e ele ficou andando nu pela casa. Isso foi um pouco antes de ele matar a moça."

"Morel me falou de uma festa na sua casa, que terminou em orgia... É a mesma?"

"Orgia? Ele disse isso, o moralista? Algumas pessoas, de fato, foram para a cama com outras, naquele dia, mas ninguém, como ele, andou nu pelos corredores ou se embriagou a ponto de ter que ser carregado para casa. Morel é um puritano intoxicado pelo sexo. Por isso é que ele consegue ver tanta coisa numa vagina, criando, felizmente, obras-primas como essa."

"Você acha que ele matou a moça?"

"Acho."

"Por quê?"

"Não sei."

Vilela se despede de Gomes. Sente-se frustrado. Decide fazer a visita que vem adiando.

O mordomo manda esperar no escritório. Na estante, livros de arte, dicionários, enciclopédias, coleções coloridas, volumes que nunca foram abertos.

"Até que enfim!", a mulher ao entrar na sala.

Vilela pensa que não a descreveria ossuda e alerta, como fez Morel. A mulher parece frágil e desanimada.

"Você sabe que eu li todos os seus livros?"

Vilela não responde.

"Por que você nunca aceitou os convites que eu fiz para vir à minha casa?"

"Você nunca me convidou quando eu era polícia."

"Você foi polícia? Eu não sabia disso, você sumiu, até que um dos seus livros foi best-seller. Eu não tinha a menor ideia onde você andava. Várias mulheres do seu livro são parecidas comigo, me identifico com elas. Sou eu?"

"Não."

"Nem mesmo uma daquelas mulheres horríveis?"

"Não existe mulher horrível nos meus livros."

"Não vou discutir com o autor os seus próprios personagens. Você quer beber alguma coisa?"

"Whisky com soda."

"Estou fazendo regime, não vou te acompanhar. Vivo fazendo regime."

"Eu entendo."

"Por que você está com esta cara?" Marta, enquanto prepara a bebida.

"Que cara?"

"Como naquele dia em que fomos ao baile e eu perguntei que traje era aquele que você estava usando, e você fez esta cara e não disse mais uma palavra?"

"Eu havia alugado aquela roupa, me sentia ridículo dentro dela."

"Chorei a noite toda depois que você me deixou em casa. Eu queria ficar com você, eu..." Marta sorri. "...eu gostava muito de você..."

"Eu era um jovem idiota."

"Você acha que estamos ficando velhos?"

"Você não. Eu."

"Mas somos quase da mesma idade!"

Marta encostou a nuca na poltrona, os olhos fechados. No rosto não se veem as rugas, que estão debaixo da pele, esperando. Para que exacerbar a verdade?

"Você não sente saudades daquele tempo?", Marta.

"Eu saía para trabalhar às seis horas da manhã e voltava à meia-noite do colégio noturno."

Pausa.

"E Morel?", pergunta Vilela.

"Morel? Paul Morel?"

"Ele está na cadeia, escrevendo um livro."

"Você conhece Morel?", Marta surpreendida.

"Conheço. Estou lendo o livro dele."

"O livro? Ele é pintor!"

"Mas está escrevendo um livro."

"Que tipo de livro?"

"Parece autobiografia."

"E ele fala de mim?"

"Fala."

"O quê?"

"Khaiub, aquela história. Não é muita coisa."

"Ele usa o meu nome? Me identifica?"

"Não. Você é Elisa Gonçalves, mas não é difícil de ser identificada."

"Isso é um absurdo! Você tem que dizer a ele que isso não é possível!"

"Na última vez que estivemos juntos ele me mandou rasgar todos os papéis. Mas não vou rasgar."

"A última coisa no mundo que eu quero é me envolver num escândalo."

"Você frequentava a casa dele?"

"Frequentava. Não vivia lá, como as outras, mas passei vários dias na casa dele. Ele não conta isso no livro?"

"Você leu o diário de Heloísa?"

"Li. Eu, Aracy, Lilian lemos juntas horrorizadas. Não, acho que estávamos fascinadas, eu pelo menos estava."

"Fala sobre Morel", pede Vilela.

"Andar com Paul era diferente. Ele não pertencia ao grupo, nem era nosso amigo, entendeu?, tinha vindo apenas uma vez na nossa casa e me arrastou logo para a cama. Era um grosso."

"Morel escreveu que você o rejeitou, alegando que era uma mulher difícil."

"E sou mesmo, mas não o rejeitei. Apenas, sabendo que tipo de homem ele era, resolvi ter paciência e esperar. Deixar ele ficar na dúvida, sofrer... sou uma mulher terrível."

"E depois?"

"Foi maravilhoso. Ele se fixou em mim, dominado por uma paixão absurda, batia com a cabeça nas paredes, isso era uma novidade, entendeu?, os outros eram elegantes, preocupados com a própria imagem, Paul era verdadeiro..."

"Uma pessoa séria?"

"Isso mesmo. A coisa que eu mais gostava era de namorar os amigos de meu marido... Depois de Paul, não achei mais graça nisso... eu..."

Pausa.

"Você gostava de Heloísa?"

"Não, nem ela gostava de mim."

"E das outras? Lilian e Aracy?"

"Nosso conhecimento era superficial. Lilian era uma pessoa que temia o futuro. Tinha uma idade tenra, inutilmente. Aracy era uma boa professora de pintura."

"Você e Morel brigavam muito?"

"Nunca. Ele disse que no princípio ficava imaginando coisas horríveis a meu respeito, mas quando me conheceu melhor isso acabou."

Vilela observa Marta, os movimentos tensos da boca, os dentes armados, ameaçando, contidos.

"Você não parece lamentar a prisão dele."

"Estou, oh, estou muito triste." Na verdade a sua amargura é por ter mais de quarenta anos; existir apenas indiferença entre ela e o marido; acabar sempre a paixão pelos novos amantes em chatice ou desprezo; precisar cada vez mais dieta, ginástica e cirurgia para manter o corpo atraente.

"É isso?", pergunta Vilela, sentindo o mesmo prazer amargo de Morel em ofender Marta. Os pobres odeiam os ricos e Vilela naquele momento exerce uma forra vinte anos antiga.

"Não seja bobo", diz Marta, como se Vilela fosse um menino sem educação. Mas seus olhos não conseguem esconder angústias antigas, estragos recentes, futuros pesadelos.

20

"Você perguntou pela família. Nós fazíamos filmes em super-oito, jogo, teatrinho, sexo, mas sexo ia ficando sem importância, era bom ir para a cama com elas, mas não era obsessivo. Eu estava interessado nos trabalhos que Ismênia fazia, era uma merda naïve boba, mas eu queria principalmente que ela fosse feliz, mais do que levá-la para a cama. A mesma coisa com Lilian. Ela trabalhava e eu me preocupava com o que ela fazia, ela era uma moça muito sensível e eu tinha muito cuidado com ela; Lilian foi puta, isso a angustiava muito e eu queria que ela esquecesse o passado. Tudo ia muito bem. Mas Heloísa não estava feliz."

"Quando vamos fazer aqui o teatro de orgia e mistério de Nitsh? Tenho galinhas, um porco e um cabrito", Heloísa.

Eu ri.

Ela: "Banho turco é uma coisa do passado, a arte víscera, sangue, corpo, é nessa que eu estou". O ideal dela, então, era

Schwarzkogler, o artista que amputou todo o corpo, começando pelo pênis, até morrer.

"Meu bem, sadomasoquismo é uma coisa velha, clássica, pior que o banho turco, a mais acadêmica de todas as manifestações do comportamento humano."

"O melhor artista que eu conheço é o pai da Sônia."

"Quem? O carniceiro?"

"Ele mesmo, um homem grande e saudável. Sabe o que é uma cabeça boa? É a dele. E sabe por quê? Porque de dia ele mata os porcos, os cabritos, ouve os bramidos e se cobre de sangue e à noite vai para a cama com a filha, a mulher que ele ama e que o ama, e assim, fazendo o que gosta, o inocente e bom homem só pode ter uma mente saudável."

Joana acrescentou que preferia viver com ele e Sônia a viver comigo. Eu disse que ela fosse viver no matadouro. Ao ouvir minha resposta, Joana começou a chorar, da maneira que ela tinha de misturar, no mesmo instante de emoção, tristeza e ódio, em partes iguais.

A primeira vez, encontrei Joana na rua. Talvez não fosse na rua. Num escritório... numa exposição de pintura... numa casa, pouco importa... Acabo de cheirar o pó... engraçado, até dentro da cadeia... Benditos traficantes...

Perguntei se ela queria ir para a cama comigo. Ela respondeu que eu era muito velho...

"E você?", ela perguntou, "por que quer ir para a cama comigo?"

Respondi que ela parecia um tigre ardendo brilhante nas florestas da noite. *A deliciosa energia*... Blake pega sempre bem...

De fato, naquele dia ela parecia muito alta, de pernas finas, ligeiramente corcunda, andava desengonçada, a terrível simetria... Estou vendo Heloísa na fumaça... Benditos...

Joana foi para a sua casa, olhando as placas dos automóveis, procurando o número sete...

Chegando em casa, Joana apanhou um livro na estante: um tigre estava preso na jaula e não sabia por que; mas Deus, antes que o tigre morresse, concedeu-lhe a graça de saber a razão; nessa época, em Ravena, um poeta chamado Dante morria na miséria, pelo mesmo motivo...

Como era um pássaro, tinha a ética dos puros, só ia para a cama com as pessoas de quem gostava. Ou melhor, não se permitia deixar de ir para a cama com aqueles de quem gostava... Assim, Joana me disse, permito que você me leve ao cinema, ver um velho filme de Godard, por causa da coincidência tigre-tigre, apenas isso... Pegamos um avião até o lugar onde passava o filme... Hotel... A farda dos porteiros... As mulheres têm uma porção de coisas no banheiro, vidrinhos, pós, escovas, lápis, pincéis... Passamos a noite fodendo. Quando a manhã chegou o seu rosto estava cheio de sardas e muito bonito... Te amo, Joana me disse... Depois de tudo que havia acontecido, exigi um documento escrito... Joana escreveu, com tinta azul: "Te amo por tua cabeça absurda, acho que começou quando você pegou no meu pulso dentro do cinema, foda-se o Godard, te amo porque você se preocupa antes do tempo com as coisas, e você não tinha o botão da camisa naquela vez do pileque esplêndido, te amo desde o começo (ainda por cima quando só comia arroz), acredito que vou te amar pelas tuas mãos e todo o resto, fica por perto para ver o que acontece...". Isso ela escreveu... ou sonho que ela escreveu...

Fiquei por perto para ver o que acontecia... Os olhos dela eram cor de ouro, amarelo brilhante... Eu lavava o rosto dela com água e sabão e surgiam a palidez, as sardas, a boca. Eu punha um chapéu na sua cabeça, bem sobre a testa de maneira que só pudesse ver a boca de Joana se movendo. Ficava horas vendo a animada boca de Joana, enquanto ela me contava histórias. Depois eu tirava o chapéu e olhava os olhos dela e também o nariz, que era muito bonito. Depois fodíamos, Joana descia as mãos pelas minhas costas, eu grudava nela como se fosse um morcego com muitos braços e o dia raiava.

Vilela recebe um telefonema em casa.

"Posso ir vê-lo?"

"Se você prefere vou ao seu encontro."

"Não, eu vou, me espere, por favor."

Lilian chega.

"Como foi que você obteve o meu endereço?"

"Foi muito difícil. Eu sabia que você era da Delegacia de Homicídios, mas lá ninguém lhe conhecia. Vi logo que você devia ser secreta. Procurei o delegado, um gordo grande, meio maluco, que me deu o seu endereço."

"Matos é o nome dele. Por que meio maluco?"

"Quando eu disse que queria o seu endereço, ele riu muito e eu perguntei qual era a graça, e ele respondeu nenhuma, continuou rindo e disse para eu lhe dar um recado."

"Qual é o recado?"

"Ele mandou perguntar se você não prefere um trenzinho elétrico. Deve ser alguma gozação."

"Deve ser."

"Você parece o Morel, falando."

"Como?"

"Vocês têm a mesma maneira de falar apertando o ar com as mãos, como se as palavras fossem um pássaro querendo fugir."

"O que é que você queria comigo?"

"Não sei... queria conversar..."

Lilian cala-se. Vilela apanha um charuto, lentamente abre o papel celofane, corta a ponta do charuto. Lilian espera. Vilela acende o charuto. Lilian, tensa.

"Ele não confiava em mim", diz Lilian.

"Quem? Morel?"

Pausa.

"Quando Heloísa foi encontrada morta na praia, Morel ficou descontrolado, dizendo que tinha de ir à polícia, e quando eu perguntei para quê, ele respondeu que tinha de contar tudo para os tiras. Eu perguntei, tudo o quê?, conta pra mim. Ele não respondeu, eu praticamente me ajoelhei aos pés dele, eu queria saber o que tinha acontecido, eu era a melhor amiga dele, mas ele não confiou em mim, eu sofri muito, se você soubesse o que aturei — os dois sentados de mãos dadas horas a fio conversando sobre arte e livros, falando em inglês coisas que eu não entendia."

"Os dois quem?"

Pausa.

"Morel e Heloísa. Ele tratava Heloísa de maneira diferente, com mais carinho, e no entanto ela não passava de uma tarada cheia de vícios. Aqueles horrores todos, foi ela que provocou. Eu conheço essas mulheres, vi muita mulher parecida com ela destruir homens mais fortes que Morel... Quando ele entrou em pânico, eu perguntei, foi você, foi você — só podia ter sido ele, entendeu? Ele estava transtornado —, pode contar comigo, eu disse, não me incomodo que ela tenha morrido, até gosto — ele olhou para mim com nojo, aos gritos me mandou calar a boca, trancou-se no quarto vários dias, até que a polícia foi lá buscá-lo... Ele saiu de casa, preso, em mangas de camisa — na rua vazia, os tiras batiam nele..."

Lágrimas descem pelo rosto de Lilian.

"Ele deixou um bilhete dizendo que te amava?", pergunta Vilela.

"Vi tudo da esquina, escondida, sem coragem de me aproximar..."

"Por que você enviou o diário de Heloísa para a polícia?"

"Quando cheguei em casa e vi o bilhete dele, tive vontade de morrer, só não me matei por causa do meu filho... Fui eu sim... Me arrependi, ao ver Morel preso, humilhado, mas já era tarde... Fui eu!"

"Você acha que Morel matou Heloísa?"

"Não, não matou. Mas se matasse, que importância isso tinha? Morre muita gente todos os dias e vocês nem se incomodam, mas ela era rica e bonita..."

"Você também é bonita."

"Mas só tenho os dentes da frente, para poder rir e vender melhor a mercadoria."

Aos poucos a sala escurece. Não se ouve qualquer ruído na rua. Lilian, sentada na poltrona, parece um boneco de cera. Somos todos cúmplices com exceção dos loucos e criminosos, pensa Vilela. A vida é um vazio que tem de ser preenchido diariamente com sacrifícios. Na estante, encadernados em couro preto, estão todos os livros que Vilela escreveu. Tudo para divertir uma porção de cretinos. Miller tem razão, um carpinteiro é mais útil.

"Deixei de estudar inglês, bebo, me encho de comida e engordo — esta é a minha vida, agora", Lilian.

"Esquece", Vilela.

"Não posso. Você acha que ele me perdoará, se eu ajoelhar aos seus pés e lamber o chão?"

"Chega de ajoelhar", Vilela.

"Você me acha bonita mesmo?"

"Acho."

"Onde está a sua mulher?"

"Ela me deixou. As mulheres acabam sempre me deixando."

"Posso voltar aqui outro dia?"

"Pode."

"Você quer mesmo? Você não parece muito interessado."

"Pode sim."

"Eu achei a sua casa muito bacana... eu... puxa, já é de noite... como o tempo passa... bem... então, até outro dia."

21

Vilela acaba de reler a cópia do Exame Cadavérico de Heloísa Wiedecker. Como é que fui me esquecer dos urubus? E Matos? Deixar passar uma evidência destas? Está gostando de brincar de polícia? Vamos ver. Mais tarde. Antes, mais um filme da família Morel.

Projetor ligado.

> HELOÍSA: (segurando o microfone)
> O roteiro deste filme é meu. Direção idem. É sobre arte. Agradeço a colaboração do sr. Paul Morel, que conhece essa merda muito mais do que eu.
> (Sorrindo para o espectador)
> Ver e saber. Isto foi discutido em Kassel. A área do visível, da sensação, do mundo de formas sensíveis, da estética — é o ver. A área da cognição, do mundo inteligível — é o

saber. Isto está muito chato? Esperem que daqui a pouco vocês verão Paul e Lilian nus, no chão — body art... Mas, estabelecendo os pontos de articulação entre essas duas áreas: o ver, ou a arte, representa a realidade, ou transforma essa realidade, transformando a sua representação, ou cria uma realidade nova e autônoma. O saber, isto é, a ciência, percebe a realidade, ou transforma a realidade pela transformação dos elementos de sua percepção ou também cria uma nova realidade. Estou muito confusa?

PAUL (off): Deixa de ser besta que esse discurso foi roubado e decorado. Continue.

HELOÍSA: Obrigada pelo estímulo. Temos então aquilo que se pode denominar de realidade da imagem por um lado, e realidade de l'imagé, por outro. Estou falando francês não é de frescura não, é que não consegui traduzir imagé para o português. Em alemão é abgebildeten. Serve?

LILIAN (nua): Ora, vai te foder!

(Gargalhadas, off.)

Corte.

HELOÍSA: Exemplos da realidade — vocês querem guerra? —, da realidade abbildung: realismo socialista, a imagerie publicitária (anúncios, outdoors), a emblemática trivial (o kitsch), a história em quadrinhos, a ficção científica, a propaganda política, a imprensa, a iconografia social (notas, moedas), a iconografia religiosa (os ex-votos, santinhos, aqueles da primeira comunhão). Exemplos da realidade abgebildeten: o hiper-realismo, a fotografia documentária, a arte de ação (teatro nas ruas), a pornografia, a arte pop, as mitologias individuais. Às vezes essas coisas se confundem, como no caso dos desenhos de crianças, ou na arte dos psicopatas, ou no esporte. Ou então não se confundem jamais, como na arte conceitual. Como mostraram Szeeman, Brock, Helz e Bode.

PAUL (nu): Olha, eu sei que o filme é teu. Mas essa babaquice de revistinha especializada enche qualquer um. A crítica da arte é tão supérflua quanto a própria arte.

HELOÍSA (off): Em mim, Aracy.

Câmera passa de Paul para Heloísa.

HELOÍSA: E agora, ladies and gentlemen, Paul Morel e Lilian Marques fazendo l'amour.

Heloísa dança.

Corte, Paul e Lilian, nus, abraçados no chão.

Movimentos em câmera lenta.

Vilela desliga o projetor. Acende a luz da sala. Levanta-se. Abre uma gaveta da mesa. Apanha um revólver. Dois cavalinhos prateados impressos no cabo e um outro no aço, um traço fino, quase invisível, no lado esquerdo da coronha. Trinta e oito especial CTG Cobra. Na mira, pequenos sinais de ferrugem. As raias do cano estão boas. Memórias misturadas: o chão de terra batida... cheiro de capim... suor... rosto apavorado fugindo. Vilela aperta o negro e duro objeto em sua mão, seus dedos procuram a fácil posição certa e mortífera, estica o braço e durante alguns segundos mira um alvo à sua frente. Meu braço é tudo isto, osso músculo sangue máquina escura peça única. Meu braço acromegálico... Não é tão bom quanto *tua mão protonotária...*

No carro, coloca Mozart no cassete. Sou várias pessoas, ninguém é um só, mas poucos enfrentam essa realidade, deixam-se ser uma corporação de muitos. Estamos todos no carro, um ouve música, outro carrega um revólver com cartuchos de carga dupla. Há também um terceiro que sente pena de si mesmo... Todos, eu e mim... Este outro ainda, que não é o último, olha um rosto gasto no espelhinho do carro...

Vilela bota o revólver no cinto, fecha o paletó, salta do carro. O tempo está encoberto, ao contrário da vez anterior.

A mulher abre a porta do barraco. Surpresa, medo, incerteza. Vilela entra, empurrando o corpo dela com os seus ombros. A mulher fica na porta, indecisa.

"Onde está o homem?"

"Ele..."

"Entra e fecha a porta", manda Vilela.

Creuza obedece.

Vilela tira o revólver da cintura. Olha a mulher e recita, didático:

"Trinta e oito carga dupla, o tamanho de um Smith especial, mas apenas a metade do peso, uma liga de antimônio e outro metal, mas o que sai daqui, do cano, mata com a mesma rapidez, tem o mesmo veneno, por isso o seu nome é Cobra... Criatividade dos homens de marketing... Se encostar na carne de alguém, na barriga, na minha, assim, ou na sua, assim, abre um rombo chamado buraco de mina... A metáfora dos que lidam com a morte é sempre muito seca... As bordas do ferimento ficam chamuscadas, negras... A mina inspiradora deve ter sido de carvão... Você me pergunta por que o senhor me ameaça com essa arma... Eu respondo, porque você mentiu para mim... Por que você mentiu para mim?"

"O senhor está falando comigo?", a voz trêmula.

Creuza não entende o que Vilela diz. Ele ri, uma gargalhada que faz a mulher se encolher, indefesa.

"Onde é que está o homem?"

"Foi fazer um biscate na ilha dos Pescadores."

"O que tem nessa panela?" Pequeno fogão de querosene.

"Feijão."

"Está pronto?"

Com uma colher de pau Creuza prova o feijão.

"Daqui a pouco."

"Vou querer comer."

"Aqui é casa de pobre, o senhor talvez não goste."

"Pobre sabe fazer feijão." Vilela põe o revólver no cinto. Tira o paletó. Senta na cadeira velha de balanço. Fecha os olhos. Joana: Meu nome é Heloísa Wiedecker, meu corpo agora é transparente, você nunca pegou no delicado bico cor-de-rosa do meu peito e só me vê se passar uma luz forte por dentro de mim.

"Está pronto", a voz da mulher mudou, sutilmente.

"Vamos esperar o teu homem. Este feijão não era para ele?"

A porta é aberta. José.

"Entra, Félix", diz Vilela, o braço estendido, o revólver na mão, "rápido!... senta ali no chão... encostado na parede."

José entra lentamente, se encosta na parede, em pé.

"Senta!"

José fica de cócoras.

"Põe a bunda no chão! Você, senta também!"

Vilela coloca a pistola no colo e balança a cadeira, para trás e para a frente, várias vezes.

"Quero saber a verdade. Qual de vocês vai falar? É melhor falar agora, por bem, senão vai ser debaixo de cacete, na delegacia."

José e Creuza se olham.

"Não foi ele não, moço..."

"Você me disse que descobriu o corpo porque viu os urubus voando em cima. O corpo estava podre e não tinha uma marca de bicada de urubu. Chega de mentira. Eu tenho cara de burro, por acaso?"

Pausa.

"Fui eu que descobri — ela ainda estava viva — tinha passado a noite sofrendo — respirava, abria e fechava o olho — quis falar uma coisa — fez aaa!" José fala sincopadamente, medo, ânsia, pressa.

"Anda, Félix, continua."

"Eu — peguei ela no colo — trouxe pro barraco — Creuza — eu disse — essa moça tá morrendo — Creuza disse — botou a mão no peito dela e disse — ela já morreu — morreu no caminho — no meu colo — deve ter morrido na hora que fez cocô no meu braço — bota lá aonde ela estava Creuza disse."

"Por que você não botou?"

"Era sábado — a praia começou a encher de gente — tirei ela do chão e botei no colo mais de cem vezes — esperando uma hora que ninguém visse — esperando a noite — mas os ripes acamparam perto do barraco — não dormiam, tocavam violão — vieram pedir fósforos — sábado e domingo — ela começou a feder e a gente sem poder levar a moça — segunda-feira — foi horrível — até que os ripes foram embora — a moça parecia que ia se desfazer nos meus braços — eu botei ela na areia e os urubus vieram logo."

A mulher: "Nós não queríamos que ela fosse comida pelos bichos. Nós não tínhamos podido ajudar a coitadinha. O Félix foi condenado pela Justiça, mas eu disse que ele havia morrido e eles acreditaram, mas é como se tivesse morrido mesmo, aquele homem que bebia e roubava, ele se arrependeu, e agora trabalha, e ninguém incomodava mais a gente. Eu disse, fica aí espantando os urubus, nós não queríamos que os urubus comessem os olhos dela e as tripas, os olhos dela estavam abertos, eu fechei uma vez e eles abriram de novo, eu fui no bar e telefonei para a polícia e voltei e disse pro Félix some, e fiquei com a vara espantando os urubus até que a polícia chegou; primeiro os guardas, depois uma porção de outros policiais, tiraram fotografias e um deles me disse para eu ir na delegacia no dia seguinte, eu fui e eles me perguntaram como é que foi, e eu disse que tinha visto os urubus voando, fui lá e encontrei a moça morta e eles escreveram isso na máquina e pediram pra eu assinar, e eu disse que não sabia assinar, então eles leram o que eu disse e eles mesmos assinaram e me mandaram embora".

Vilela balança o corpo na cadeira.

"Quero ficar cega se isso não é verdade."

Cadeira de balanço.

"Mais de dois meses o Félix ficou sumido, mas ninguém vinha aqui e eu fui onde ele estava e disse pra ele que ele podia voltar e ele voltou e o senhor apareceu quando a gente menos esperava."

"Você roubava o quê?"

"O que podia — pulava o muro das casas — roupa no varal — bicicleta — se tinha janela aberta eu entrava — nunca arrombei — nunca ataquei as pessoas — um dia uma velhinha acordou e eu disse a ela para não ter medo e fui embora sem levar nada — fio de cobre — cano de chumbo — se a casa estava vazia eu levava tudo que podia carregar mas isso só aconteceu uma vez — eu não tinha muita sorte — já roubei até galinha — fui em cana — apanhei muito — desisti — nunca mais — prefiro morrer."

Cadeira de balanço.

"Vamos comer o feijão?", pergunta Vilela.

"O senhor quer mesmo?"

"Quero."

"O senhor — não vai me prender?", Félix pergunta.

"Não. Você não está arrependido? As prisões já estão cheias demais para caber ladrões arrependidos. Só estou interessado na morte da moça. Vamos comer o feijão."

22

Papai sentado na biblioteca de nossa casa, no tempo em que era rico, lendo, de paletó de veludo azul, segurando o queixo, pensativo e refinado, como convinha. Havia aprendido a ler a língua do país onde nascera quando emigrara, aos doze anos — e ali estava, então, um poliglota, lendo a língua estrangeira daquela gente civilizada e lúcida. As lombadas dos livros eram vermelhas e as capas tinham um desenho de borrões coloridos, parecidos com as ingenuidades psicodélicas dos anos sessenta. Aqueles livros ele comprara num sebo, edições antigas que ninguém queria. Neles, sozinho, sem professor, papai aprendeu francês. Era uma coleção chamada Bibliographie Méthodique et Complete des Livres de Médecine et des Sciences, editada por A. Maloine.

Os livros preferidos pelo meu pai haviam sido escritos por um tal dr. Surbled: *L'amour, Le vice solitaire, Le vice conjugal, L'amour malade et le cerveau.*

Quando me apaixonei por Sílvia, a moça que enfiou a língua dentro da minha boca e depois não quis mais saber de mim, me deixando com o coração partido, papai recitou, para minha edificação, motes inesquecíveis do dr. Surbled — non, l'amour n'est pas le tyran souverain et indiscuté de notre nature, nous ne sommes pas fatalement, nécessairement les vils esclaves dessa paixão.

Isto é que era chato nele, pretender que não era um vil escravo de todas as suas paixões, fingindo o tempo todo de cogito ergo sum.

Ele gostava de sopa de cebola e nunca brigou com minha mãe. Antes de brigar colocava o chapéu na cabeça e saía para a rua. Tinha aventuras com as mulheres altas e audaciosas. Um dia, não me lembro que idade eu tinha, o vi com uma mulher toda de negro, parecendo uma fotografia de Greta Garbo, lânguida e desafiadora, um enorme decote cortando o seu comprido corpo branco, abraçados, bonitos, cheios de vida.

Trabalhavam, ele e mamãe, noite e dia, na época da miséria. Economizando para irem uma última vez à terra deles.

Mamãe morreu lá. Papai voltou. Perguntei se queria morar comigo. Ele me olhou como se eu fosse um estranho, o que eu era, e respondeu que não.

Eu fazia fotografia em batizados, casamentos, festas de formatura. As que mais vendiam eram as de formatura, no Teatro Municipal. Eu fotografava os formandos, sentados no palco, em suas becas ridículas, e parentes de roupa nova, sentados na plateia. Começava da primeira fila do lado esquerdo e fotografava, de cinco em cinco filas, levantando minha velha Rôlei sobre a cabeça, com o visor virado para baixo. Não escapava ninguém.

Tudo tinha que ser feito com velocidade, para, antes de acabar a cerimônia e as pessoas se dispersarem, eu poder revelar e vender as fotos. Os pobres (eu sabia pela roupa que usavam) compravam sempre. Eu punha as fotos nas mãos deles, que inicialmente pensavam que era de graça, ou custava barato, e quando eu dizia o preço, tinham vergonha de recusar. Pobre sempre se fode.

> *Os homens odeiam os lobos e há séculos os matam sistematicamente. Hoje, os defensores da ecologia tentam colocar os poucos que restam em reservas distantes, a salvo dos seus implacáveis inimigos. Mas o lobo só sabe viver ao lado do homem. Um mártir da convivência.*

Vilela. Ontem você me disse que Lilian me denunciou à polícia. No dia em que fui preso deixei um bilhete para Lilian dizendo que a amava. Heloísa estava morta, quem morreu acabou, deixa um espaço vazio, o espaço do corpo que enterram ou queimam, ou comem, ou evapora, some de qualquer maneira, e esse espaço é sempre ocupado por outro corpo. O corpo de Lilian.

Lilian pegou um palito (estávamos comendo camarões torrados) e limpou a substância que se estende numa linha preta pelas costas do crustáceo. Eu comia os camarões retirando apenas a casca torrada, mas ela limpava um por um com um palito, trabalhando meticulosamente, os dedos longos e finos à frente dos pequenos seios de bicos duros, apertados na camisa de algodão, o rosto atento de menina — e me disse candidamente "essa coisa preta nas costas do camarão é merda". Foi nessa hora, isto pode parecer incrível, que eu descobri que amava Lilian também. Mas não disse eu te amo porque você chama merda de merda, medo de medo, amor de amor, cuidado de cuidado, as coisas pelo seu nome. Fiquei calado, pois suspeitávamos um do outro. Ela tinha sido puta, eu, artista, dois marginais obrigados a desconfiar um do outro.

Não estou mais escrevendo livro nenhum.

Na nossa conversa você perguntou se o Francisco, aquele idiota, nos havia seguido no dia em que fui passear com Heloísa na praia, quando ela morreu. Ele veio atrás de nós algum tempo, mas creio que ao chegarmos à praia Chico já havia parado de nos seguir, não o vi mais. Contei isso ao Matos. Chico nada tem a ver com esta desgraça toda. É apenas um pobre-diabo obsessivo.

Não quero escrever mais. Quando era artista, eu vivia preocupado com o efeito, nas outras pessoas, daquilo que eu fazia, preocupado em saber se ia vender, ganhar prêmio, ser elogiado pela crítica — era como se eu fosse um cachorro ensinado, um desses animais de circo que executa os seus pobres truques para ganhar um pouco de açúcar. Mesmo como artista de vanguarda, supostamente destrutivo, eu continuava fazendo o que os outros queriam e esperavam que eu fizesse. Ao escrever, mudei apenas de linguagem, continuei querendo aplauso, coroa de louros, admiração. Medalhinhas e torrões de açúcar. Logo que fui preso eu me sentia culpado (pois não estava preso?) e cheguei a considerar justas as torturas que sofri. Agora eu quero ser eu mesmo, não quero aprovação ou estima ou respeito, de ninguém, de nada.

Matos: "Foi viajar. Deve estar na Europa".

Vilela: "Quando?"

"Um mês."

"Alguém falou com ele?"

"Eu mesmo. Não foi ele quem matou Heloísa."

"Como é que você sabe?"

"Porque quem matou Heloísa foi Morais."

"Francisco seguiu Morel e Heloísa até a praia."

"Não. No meio do caminho ele desistiu."

"Foi ele quem contou isso?"

"Foi."

"E você acreditou?"

"Ele apresentou uma testemunha. Um conhecido que encontrou, à tarde, no Leblon, numa hora em que Heloísa e Morais estavam juntos na Barra. Francisco convidou o amigo para almoçar e bebeu tanto que teve que ser carregado para casa."

"Foi você quem interrogou esse sujeito?"

"O Barroso interrogou. A testemunha é idônea."

"Nada temos a temer exceto as palavras..."

Pausa.

"Você tem escrito?"

"Esvaziei. Isso acontece com escritores e artistas em geral ao descobrirem que é tudo uma besteira."

"O quê?"

"Tudo."

"Você tem visto o Morais?"

"Estive com ele ontem. Mas ele não disse uma palavra. Me entregou uns papéis que havia escrito."

"Alguma coisa interessante?", Matos indaga.

"Não... O que eu gostaria de saber ele não fala mais... O jogo entre ele e Heloísa, as regressões infantis, os mimetismos animais, as impersonificações, possessões, abjeções... Morel vestido com roupa do pai de Heloísa, castigando-a antes de irem, pai e filha, para a cama... Heloísa uma cadela de quatro no chão, Morel com as patas dianteiras nas costas dela, penetrando o seu corpo... enganchados de quatro, um de costas para o outro, como um casal de cães vadios... Heloísa com uma coleira de cachorro no pescoço andando pela casa, latindo... Heloísa cortando o pescoço de Morel e ele fazendo o mesmo com ela e depois, abraçado, chupando um o sangue do outro..."

"Isso te choca?"

"Não. Sim. Nós escritores vivemos sempre chocados com o mundo."

"Você sofria muito quando era da polícia..."

"Tentei ser apático ou cínico, para me defender, mas não consegui."

"Sempre que eu mencionava um crime ocorrido na minha delegacia, você dizia, ainda vai ficar pior."

"Cada vez nasce mais gente. O que você espera? Ainda vai ficar pior."

"Talvez você tenha razão. Neste fim de semana o número de assaltos com morte bateu todos os recordes. Assaltantes de todas as idades, entre dez e sessenta anos. As prisões estão cheias."

"A cidade é um mercado com amplas possibilidades para todos, igualmente", Vilela soturno, "você prende os criminosos que pode e finge acreditar que na prisão eles serão reabilitados e a sociedade, defendida. Mas você sabe que na verdade os criminosos são degradados e corrompidos na prisão e a sociedade não precisa ser defendida, mas sim destruída."

"Não sei de nada." Matos solta uma gargalhada forte. "No Congresso de Criminologia, no ano passado, não se conseguiu nem mesmo estabelecer se havia, e qual era, a diferença entre crime rural e crime urbano. Uma das teses intitulava-se Problemas da Conurbação... Não parece sacanagem? Ninguém sabe muito sobre crime e criminosos, somos todos criminosos em potencial, o difícil é saber por que uns se realizam e outros não. Vamos tomar um chope?"

23

Matos telefona para Vilela.

"Era uma vez uma moça morta, urubus, policiais distraídos e"

"Já conheço essa história."

"Que história?"

"Essa mesmo. Seja breve."

"Você está aflito? Bem, o Oliveira — lembra do Oliveira? Foi seu aluno na Escola de Polícia, no curso de detetive..."

"Isso não interessa. Vamos, conta logo!"

"Mandei o Oliveira ao Hotel Nacional ver os papéis do tal José Silva. Ele estava no pátio de automóveis fazendo faxina e foi reconhecido de longe, o Oliveira já o havia encanado uma vez quando trabalhava na Roubos e Furtos. Os homens da 16ª estavam certos de que o Félix Augusto tinha morrido e ele apenas havia mudado de nome. Mandei trazer o Félix e a mulher. Reli o auto de Exame Cadavérico de Heloísa e vi a burrada que fizemos."

"O Oliveira já chegou?"

"Não deve demorar."

"Olha, eu vou para aí. O Félix e a mulher não estão envolvidos na morte de Heloísa, quer dizer, estão, mas não da maneira que vai parecer a você. Eles a encontraram agonizante e levaram para o barraco. Me espera."

Na Delegacia de Homicídios.

Matos. Vilela. Oliveira (detetive). Pedrosa (detetive). Entram e saem pessoas da sala.

"Eu quero ouvir a história toda de Oliveira. Você não pode trancar essa porta cinco minutos?", Vilela irritado.

Matos aperta um botão no interfone: "Não deixe ninguém entrar até segunda ordem".

"Conta como foi tudo. Do telefonema que você deu para o doutor Matos em diante."

Oliveira limpa a garganta com um pigarro.

"Eu liguei para o doutor Matos e ele disse traz o homem e a mulher. Aí o Pedrosa perguntou se eu achava que o homem ia endurecer."

"Eu estou sendo processado", explica Pedrosa, "por ter chumbado um vagabundo que me desacatou. Tenho que tomar cuidado, senão me ferram."

"Está bem", corta Vilela, "e depois?"

"Nós procuramos o gerente do hotel e dissemos que íamos grampear o cara. O gerente, um gringo meio fresco, ficou apavorado, disse que o hotel estava cheio de cientistas do mundo inteiro, com as mulheres, num congresso, para a gente não fazer escândalo e eu disse, nós dissemos, inventa um pretexto e manda o sujeito vir ao escritório que a gente pega o bicho aqui dentro e se arranca com ele sem os cientistas e as madames perceberem. Nós estávamos a fim de fazer a coisa direito, mas quando o sujeito meteu a cara na porta viu a gente e nem chegou a entrar, se mandou correndo por dentro daquele salão grande apinhado de gente. Nós dois corremos atrás dele, dando encontrões nas velhas.

"Ha, ha!", Pedrosa não se contém.

"Cheguei a jogar uma no chão. Pedrosa correu na direção da porta, no meio do rebuliço deu para eu ver o cara entrando no elevador. Mal tive tempo de entrar junto. Lá dentro estava cheio, tinha até criança, ficamos lutando até que o elevador parou e ele saiu disparado por aquele corredor circular. Uma arrumadeira ia saindo de dentro de um quarto, e ele, como um rato, entrou e trancou a porta. Perguntei à arrumadeira se o quarto tinha comunicação com outro. Ela disse que não. Aí esperei uns cinco minutos até o Pedrosa aparecer."

"Não demorei nem dois minutos", diz Pedrosa ofendido.

"Então mandei a arrumadeira abrir a porta. Ela disse 'tem uma tranca por dentro', mas meteu a chave na fechadura e a porta abriu, dando um susto na gente. Com a arma na mão nós dois entramos, mas não tinha ninguém, revistamos banheiro, armário, debaixo da cama. Foi quando o Pedrosa, da janela, disse que aquele monte de gente na beira da piscina é ele."

"A paisagem lá de cima é uma beleza", diz Pedrosa,

"Descemos, e era ele mesmo", continua Oliveira, "tinha caído de cabeça, quando bateu na pedra estourou e saiu miolo para todo lado. Chamamos o pessoal da 16ª e quando o comissário chegou fomos apanhar a mulher."

"Você esqueceu da aliança", diz Matos.

"É mesmo. Nós vimos no pescoço dele a aliança presa num cordão de metal. Achei melhor tirar e trazer para o senhor. Nos bolsos ele não tinha nada."

Matos abre a gaveta. Retira um cordão de grossos elos de metal escuro enfiados numa pequena aliança de ouro. Dentro da aliança está gravado *Paul ama Heloísa.*

FIM

Um ladrão é considerado um pouco mais perigoso do que um artista.

Matos foi visitar Morel, contou para ele os últimos acontecimentos: a morte de Félix, a reabertura do inquérito, as perspectivas de liberdade imediata.

"No entanto ele não parecia muito satisfeito."

"A condenação de Félix é um final perfeito para nossa história. Vamos esquecer que ele é inocente, pulou da janela com medo (já havia sido preso e sabia o que o esperava). Vamos também esquecer que a mulher foi espancada e não mudou suas declarações. (Quem se agarraria a uma mentira tão inútil?)"

Estamos na mesma cela e nos contemplamos em silêncio.

"Você não sabia como iniciar o seu livro. Saberia como terminar?"

"Não era um livro. Apenas uma pequena biografia, mal escrita. A story told by a fool..."

"E a biografia? Saberia como terminar?"

"Talvez abrir uma porta." Vemos a grade de ferro e sabemos que não é aquela.

Estamos de pé.

Estamos muito cansados.

Na verdade somos uma única pessoa e o que um sente, o outro também sente. Lógico.

Portanto o nosso fim também é o mesmo.

Atrás das grades

Sérgio Augusto

O que é mais difícil, escrever romances ou contos? Contos, assegurava Guy de Maupassant, o mais cultuado contista francês.

Poucos discordam disso, mas mesmo entre aqueles de acordo é grande a desconfiança de que escrever um romance não é tarefa fácil para quem se habituou a só criar, ainda que com mestria, histórias de poucas páginas. Daí porque, nos meses que antecederam o lançamento de *O caso Morel*, pela editora Artenova, em 1973, os leitores de Rubem Fonseca perguntavam-se, algo apreensivos, se ele se revelaria tão desenvolto e criativo na narrativa longa, se teria o fôlego necessário para produzir um romance com a mesma qualidade de seus contos. Igual frisson precedera as estreias de John Cheever e Donald Barthelme no romance, e, como aconteceu com esses dois grandes contistas americanos, público e crítica se dividiram em relação à perfor-

Capas das primeiras edições brasileiras (Artenova) e portuguesa (Bertrand).

mance de Rubem Fonseca. Com nítida vantagem para os que não se decepcionaram.

Romance de um romance confessional ou de uma frustrada biografia, escrita atrás das grades por um dublê de artista plástico e fotógrafo intransigente, Paul Morel (que no Louvre só aprecia a *Batalha de Ucello*), com ajuda de um ghost writer, *O caso Morel* tem, a rigor, três autores: Morel, seu ghost writer (o ex-delegado Vilela) e Rubem Fonseca. Poeta manqué, assim como seu parceiro, o delegado Matos, que em outro romance do autor, *Agosto*, funcionaria como contraponto ficcional de Getúlio Vargas, Vilela é um personagem recorrente na obra de Rubem Fonseca e, sob vários aspectos, um sucedâneo do escritor, que também foi delegado de polícia e advogado antes de "sujar as mãos" com literatura.

Foi em seu romance de estreia que Rubem Fonseca entronizou a figura do artista-bandido, do fora-da-lei letrado, pernóstico e armado de citações eruditas até os dentes, retomada com novo enfoque metaficcional nos dois livros de contos que em seguida fez, *Feliz ano novo* (1975) e *O Cobrador* (1979). Antecipando a desdita do escritor quando da publicação de *Feliz ano novo*, Morel tem uma obra erótica de sua autoria, *Vênus R. B.*, apreendida pela censura "por atentar contra a moral e os bons costumes". A arte não só imita a vida, como às vezes a antecipa.

"Um puritano intoxicado pelo sexo", atormentado pelo fantasma da impotência, Morel parece um amálgama de Philip Quarles (o protagonista de *Contraponto*, de Aldous Huxley) e Charles Manson, mas um Manson manso, que do original só guardou o gosto pela promiscuidade. Talvez pudesse ter saído da imaginação de Norman Mailer e Henry Miller, alusões irresistíveis nesta diatribe contra a hipocrisia burguesa, a mercantilização das artes em geral, a mediocridade da publicidade, a desonestidade intelectual das vanguardas e a picaretagem sexual. "O mundo só pensa em sexo, tudo é sexo, regime para emagrecer, cirurgia plástica, cosméticos, moda, cultura, religião, política, poder, ciência, arte, comunicação, está tudo a serviço do sexo", desabafa uma das três vozes, não raro unívocas, pelas quais o romance dá os seus recados.

Capas das edições francesa (1979), espanhola (1978) e catalã (1994) de *O caso Morel*.

O crime supostamente praticado por Morel é ingrediente secundário na trama metalinguística de *O caso Morel*, mais uma investigação sobre as possibilidades e os limites da arte de contar histórias do que um romance noir de molde tradicional. "Literatura é uma tolice", resmunga Morel, que não tem melhor opinião sobre as demais artes e acredita que a única coisa que devemos temer são as palavras, preocupação transformada em mantra pelo seu incurável ceticismo.

"Um romance inteligente", opinou Wilson Coutinho, no semanário *Opinião*. "Uma alquimia perfeita, burlesca, de sexo e violência", continuou o crítico, atribuindo a façanha ao ecletismo do autor, afeito a leituras sofisticadas como Georges Bataille e ao desfrute, "sem remorsos", das peripécias de herois populares, numa linguagem "sem afetações vernaculares, desrepressora e muito viva". No semanário *Politika*, Oliveira Bastos proclamou: "É um livro-marco", exemplar como artesanato ficcional e expressão da "nova situação do homem numa sociedade de consumo" dominada pelo sexo; um passo adiante do gênero policial erótico, "cuja linguagem o autor tira da linha do escapismo para o da obra de arte amarga e tensa". Outros, na área acadêmica, se encantariam mais com sua narrativa reflexiva, especular, cujas raízes remontam ao Laurence Sterne de *Tristram Shandy*, escrito na segunda metade do século XVIII.

No *Jornal do Brasil*, Hélio Pólvora reiterou sua admiração por Rubem Fonseca, destacando-lhe a destreza no uso de diálogos como sustentação narrativa, em nada se importando com as obscenidades que tanto desgostariam outro entusiasta de primeira hora, o crítico de *O Estado de S. Paulo* Wilson Martins. "Sim, é um livro de sacanagem", acentuou Oliveira Bastos, porém adul-

Morel, o que vive de "cabcça para baixo"

Hélio Pólvora

NESTE que é o primeiro romance de Rubem Fonseca, alguém diz (pág. 68): "O mundo só pensa em sexo, tudo é sexo, regime para emagrecer, cirurgia plástica, cosméticos, moda, cultura, religião, política, poder, ciência, arte, comunicação, está tudo a serviço do sexo." Estas palavras, ditas provavelmente com um copo de uísque na mão, servem para definir as memórias do artista Paul Morel, ou Paulo Morais, e, por extensão, O Caso Morel (1).

O mito do sexo. Morel é produto dessa alucinação coletiva. Já que não sabe bem o que fazer da vida e não sente sequer a ansia da tranquilidade, atira-se às mulheres. A certa altura chega a viver com três, na tentativa de recriar à sua feição o ambiente familiar condenado, a seu ver, pelo comodismo e pela hipocrisia. Claro: Morel, que no seu desajustamento vem a diagnosticar a inutilidade da arte, tem a vida "de cabeça para baixo."

Inútil condenar Morel: ele já traz de uma infancia e adolescência sofridas os princípios da dissolução moral, e o erotismo audiovisual do meio em que vive atiça-o ainda mais. Conscientemente, procura levar sua experiência aos últimos limites. Vítima ou criminoso, eis a pergunta que fica no ar. O romancista não responde, mas convoca testemunhos de sábios da antiguidade para mostrar que o julgamento é difícil.

O Caso Morel decorre em dois planos: na prisão, acusado de haver morto a pontapés uma masoquista, em praia deserta da Barra, o pintor Morel faz quatrocentas flexões por dia, para conter o desespero, e escreve um livro nos intervalos — uma biografia ou autobiografia. Vilela, escritor de fato, recolhe as folhas e manda datilografá-las. Acaba por identificar o vazio de sua vida com a do preso, e quando este pára de escrever, Vilela completa a narrativa. Morel escapa à justiça graças a um bode expiatório, um pobre-diabo com entradas na polícia. Um anticlímax para o romance, um final feliz. O romancista, no entanto, justifica-se: "Um ladrão é considerado um pouco mais perigoso do que um artista."

Rubem Fonseca, o excelente contista de A Coleira do Cão, de algumas peças de Os Prisioneiros e de Lúcia McCartney, retoma em O Caso Morel o experimentalismo ficcional que eu identifiquei, sobretudo, no conto-título de seu último livro popularizado pelo cinema. Escrevi então: "A preocupação, em Rubem Fonseca, de fugir ao acessório, a fim de surpreender o homem na crueza documental de seus conflitos..." E me referi também à "técnica de fugir à transposição literária a fim de ressaltar o aspecto documental." Este novo livro mostra o escritor entregue inteiramente ao documento querendo ver até onde é possível desnudar um ser humano. Em um conto de Os Prisioneiros, ele fez isto, em mesa de necrópsia, para julgar o amor. Aqui, disseca de preferência a moral de um mundo doente.

O Caso Morel é ainda mais aliterário, no seu naturalismo, do que Lúcia McCartney. A narrativa sustenta-se no diálogo. Não há preparo de cenas: elas ocorrem espontaneamente, como se fossem diapositivos que alguém vai projetando. Espaços gráficos ou apenas a palavra tempo, anotada pelo escritor, indicam a fragmentação do relato.

Morel, na sua vida tempestuosa, "nunca quis sentar na poltrona do dono da casa e ter um cachorro deitado sobre os (...) chinelos." Este romance, também — com sua linguagem, suas situações, suas advertências. Espero que ele não seja lido apenas, et pour cause, com os sentidos, mas com a inquietação que o romancista quis, sem dúvida, registrar subliminarmente. De qualquer maneira, está fadado a grande repercussão.

(1) O Caso Morel, **de Rubem Fonseca, Artenova, Rio, 1973, 182 páginas, Cr$ 20,00.**

Em artigo publicado no *Jornal do Brasil* em 14 de julho de 1973, o crítico Hélio Pólvora afirma que *O caso Morel* "está fadado a grande repercussão", prevendo as polêmicas em que a obra do autor seria envolvida.

to e lúcido, destinado a pessoas sérias e maduras, como aquelas a quem o autor alude no irônico avertissement da abertura: gente que se preocupa "com questões sociais" e procura "frear o movimento de decadência que nos arrasta aos abismos". O objetivo do romance, conclui a advertência, "não é divertir, mas instruir e moralizar".

Voltaire? Sim. Mas também D.H. Lawrence (chama-se Paul Morel um dos filhos de *Filhos e amantes*), Raymond Chandler (que Morel considera "melhor que Dostoiévski"), François Villon (é dele a pergunta "où sont les neiges d'antant?", repetida por Morel a Vilela no capítulo 4), T.S. Eliot, Rainer Maria Rilke, Ezra Pound, Hermann Hesse, Man Ray, Jean Cocteau, Marcel Proust, Jean-Luc Godard, entre outros. Mais que um romance, *O caso Morel* é uma enciclopédia de influências e, sobretudo, referências.

O caso Rubem Fonseca

Antônio Hohlfeldt

A se observar nas reações da chamada crítica estabelecida, o escritor Rubem Fonseca começa a constituir-se, gradativamente, no mais novo caso de "autor maldito" na ficção brasileira. Curiosamente, um dos casos mais recentes é o de Dalton Trevisan, curitibano, rejeitado por sua própria cidade, que o encara como uma espécie de entreguista da sociedade local, e passando a "aceitá-lo" apenas porque, em um certo tempo, ele se tornou moda e foi reconhecido em outros pontos do país como um dos mais importantes ficcionistas da nova geração brasileira. Agora, é a vez de Rubem Fonseca. E eu digo curiosamente porque, a se aceitar uma tendência de grande parte dos estudiosos de nossa literatura, ambos os autores, cada um mantendo sua própria integridade e suas características específicas, podem ser vistos sob um mesmo aspecto: a ficção urbana que realizam, inaugurando um novo veio temático-formal em nossa literatura, segundo se diz, a da decadência de um sistema estabelecido no consumo e na produção, tanto dos bens materiais como do próprio indivíduo. Ora, esta rejeição que se começa a notar em torno destas obras, se bem que curiosa, naturalmente é explicável, uma vez que a chamada crítica "estabelecida" é financiada e apoiada pelos "bem pensantes" do próprio sistema, e, nesta medida, veem-se obrigadas a um gesto de reação a quem lhes ataca sem sutilezas nem meio-termos.

No caso de Rubem Fonseca, de quem a Artenova acaba de lançar dois volumes, um dos quais livro novo do autor de *Lúcia McCartney*, em novo ramo da ficção, o romance, ao lado de outro volume que se justifica como espécie de balanço crítico, feito pelo próprio escritor, de sua obra até então publicada,* toca-se em outro problema ainda mais temido por este tipo de pessoa: o estreito limite de diferenciação entre a chamada pornografia e a obra erótica. Rubem Fonseca ainda provoca mais a situação, ao optar por um erotismo nada oficial ou simples, mas sim escabroso, cruel, violento. E se o tema da violência não é novo em sua obra — pelo contrário —, basta ler-se qualquer conto seu, ela é sua principal preocupação — por certo que esta violência, levada a um quase paroxismo, e aplicada ao ainda tema-tabu que é o sexo, termina por desconcertar, irritar ou intimidar ao leitor-crítico. Tendo-se em vista, então, que todo leitor é um crítico em potencial, e que cada leitor carrega, dentro de si, seus próprios problemas e medos, é compreensível e explicável, portanto, na

* FONSECA, Rubem. *O homem de fevereiro ou março*. Rio de Janeiro: Artenova, 1973.

medida em que igualmente o crítico é um leitor, apenas que mais arguto, embora tão suscetível de influências quanto qualquer outro leitor, as reações que semelhante obra vêm provocando entre nós. O que — tornando-se então caso grave de mistura de juízos — não implica, inclusive, o mais das vezes, juízos de valor, estritamente ligados à obra de arte e à estética, mas sim de outras áreas como a moral, a política ou a teoria literária, áreas afins, sem dúvida, mas nem sempre necessariamente aplicáveis a um comentário circunscrito à crítica literária.

O caso Morel, classificado como romance, tem sido violentamente atacado porque não seria propriamente um romance, e, sim, um conto amplamente desenvolvido. Neste caso, é de se perguntar por que estes mesmos críticos que hoje afirmam isso jamais decidiram-se a atacar, de modo tão frontal, alguns "contos" inseridos em *A coleira do cão*, *Lúcia McCartney* ou mesmo *Os prisioneiros*, que, a se seguir o método de análise, muito melhor seriam classificados como "novelas", devido a sua duração e desenvolvimento?

Não me aventuro a afirmar, como o fazem seus editores, que *O caso Morel* seja "um romance de um tipo inteiramente novo na ficção brasileira". Nem a novidade é um padrão justo, pura e simplesmente afirmada, para julgamento de uma obra, nem se pode pretender tal reivindicação a um trabalho surgido paralelamente a tantos outros, como os de Flávio Moreira da Costa, ou Sérgio Sant'Anna, para se lembrar apenas dois. Mas uma coisa se pode garantir: este novo trabalho de Rubem Fonseca é daqueles livros que se tragam de um só gole, que não se esquecem tão cedo, e que foi muito meticulosamente elaborado para poder ser julgado ao nível de pura e simples gratuidade.

Já se tem falado muito dos níveis de leitura possíveis em uma obra. Deve-se atentar, por isso mesmo, à estrutura deste *O caso Morel*. As narrativas imbricam-se umas nas outras, num verdadeiro quebra-cabeças comum ao romance de intriga policial, ao qual, aparentemente, poder-se-ia pretender filiar a obra, mercê de seu título, mercê de seu enredo, uma questão de se descobrir ou não a culpabilidade de Morel-Morais. No entanto, pode-se ver o verdadeiro traçado urbano que Rubem Fonseca desenvolve: um narrador oculto, em terceira pessoa, absolutamente isento de qualquer interferência na narrativa. O "romance" de Morais-Morel, o diário de Joana-Heloísa, e ainda as variadas citações atribuídas ao escritor-criminoso Morel, mas muito mais possíveis ao autor Rubem Fonseca, que, desta maneira, então, estaria realizando uma espécie de metafísica em torno da própria obra em elaboração, dando-lhe pistas de interpretação ou explicação. Os porquês e os senões da própria obra realizada. Só estes elementos, bem perceberá o leitor atento, já servem para colocar em dúvida os ataques contra o escritor. É de se perguntar, no entanto, até que ponto rótulos como "romance", "novela" ou "conto" são ainda possíveis? Afinal de contas, pode-se pensar em *O caso Morel* como uma espécie de "epopeia urbana", ou um "poema em prosa sobre a sexualidade proibida e suas consequências degeneradas", ou algo semelhante.

É Henry Miller, um dos autores mais lidos e mais atacados, quem adverte para o fato de que a sexualidade, plenamente exercida, jamais será símbolo de desvios, mas sim a sua restrição. Ora, *O caso Morel* é, no fundo, um romance tão moralista quanto tantos de Zola, Stendhal ou do próprio Miller: é a denúncia objetiva, feita através da ficção, de tais censuras e hipocrisias. O que acontece, então, é o mesmo escândalo que marcou Eça de

Queirós, Flaubert, Maupassant e tantos outros, a explodir agora em torno de Fonseca. Falho? Não me parece. Trata-se de uma violenta denúncia da crescente materialização dos sentimentos mais profundos do ser humano, denúncia esta que, neste caso, se exerce ao nível do tema sexual, mas que é exatamente a mesma de um conto como "Relato de ocorrência em que qualquer semelhança não é mera coincidência". Por falar nisso, será este um conto ou qualquer outra nova fórmula ficcional que ninguém conseguiu classificar?

O que se deve observar nesta nova obra de Rubem Fonseca é que ela é exatamente uma continuação de toda a sua literatura. Ela não acrescenta nada como querem alguns, porque, na verdade, ela está a desenvolver e aprofundar os temas que, desde o início, foram plenamente definidos e fixados. Esta antropofagia da máquina sobre o homem, a destruição do ser humano pela grande cidade, a crescente perda da personalidade e dos direitos mais íntimos do indivíduo, inclusive o de amar e o de se dar ao próximo, interditados pelas aparências e pelo conjunto de regras que regem todo o sistema. Por isso, *O caso Morel*, a nós, não deve preocupar quanto a sua classificação, e, sim, deve ser encarado como mais uma séria incursão do escritor Rubem Fonseca aos temas que se encontram hoje radicados nas preocupações de todos. Daí essa sua oscilação entre personagens e tipos. Ao lado de um Morais-Morel, a presença de arquétipos facilmente identificáveis; a volta de alguns personagens de obras anteriores: o Vilela escritor-falido e ex-policial pertence a outros contos de *A coleira do cão*, assim como o policial Washington, aproximando-se, aliás, os dois trabalhos, em certos momentos, até mesmo por suas técnicas formais. Não é por nada, além do mais, que Rubem Fonseca opta por espécies de representações de personagens: Morel é Morais; Heloísa é Joana; Lillian é Carmem; Aracy é Ismênia; Elisa é Marta; e assim por diante. A perda da personalidade é mais do que sugerida, é definida peremptoriamente pelo escritor. Todos os personagens, inclusive Morel, estão à busca de sua própria essência, e, no fundo, o próprio Vilela, que se aproxima e é quase sempre identificado como pintor-escritor. Por isso, cada um tem mais que uma função, como Vilela, que foi policial e escritor, mas faliu em ambas as ocasiões.

O que se desenha, enfim, na obra de Rubem Fonseca, seja nestes contos selecionados que compõem *O homem de fevereiro ou março* (note-se a indefinição do "ou"), seja neste "romance" intitulado *O caso Morel*, é a falência de uma estrutura tida como fixa e indestrutível. É a autodestruição, pressentida por alguns de seus integrantes — muito poucos — mas negada pela maioria, que Rubem Fonseca escolheu para seu tema maior. É este imenso jogo de xadrez, onde o xeque-mate à Rainha ou ao Rei é também a destruição de quem destrói. E é com angústia, angústia nervosa e sentimento de culpa, porque cada um de nós, em níveis diversos, mas existentes, participamos desta destruição, que lemos as linhas e as estórias de Rubem Fonseca. Um escritor de imensa importância no atual panorama literário nacional, queiram ou não alguns críticos.

Correio de Povo, 24 de novembro de 1973

O autor

Contista, romancista, ensaísta, roteirista e "cineasta frustrado", Rubem Fonseca precisou publicar apenas dois ou três livros para ser consagrado como um dos mais originais prosadores brasileiros contemporâneos. Com suas narrativas velozes e sofisticadamente cosmopolitas, cheias de violência, erotismo, irreverência e construídas em estilo contido, elíptico, cinematográfico, reinventou entre nós uma literatura noir ao mesmo tempo clássica e pop, brutalista e sutil — a forma perfeita para quem escreve sobre "pessoas empilhadas na cidade enquanto os tecnocratas afiam o arame farpado".

Carioca desde os oito anos, Rubem Fonseca nasceu em Juiz de Fora, em 11 de maio de 1925. Leitor precoce porém atípico, não descobriu a literatura (ou apenas o prazer de ler) no *Sítio do Pica-Pau Amarelo*, como é ou era de praxe entre nós, mas devorando autores de romances de aventura e policiais de variada categoria: de Rafael Sabatini a Edgar Allan Poe, passando por Emilio

Salgari, Michel Zevaco, Ponson du Terrail, Karl May, Julio Verne e Edgard Wallace. Era ainda adolescente quando se aproximou dos primeiros clássicos (Homero, Virgílio, Dante, Shakespeare, Cervantes) e dos primeiros modernos (Dostoiévski, Maupassant, Proust). Nunca deixou de ser um leitor voraz e ecumênico, sobretudo da literatura americana, sua mais visível influência.

Por pouco não fez de tudo na vida. Foi office boy, escriturário, nadador, revisor de jornal, comissário de polícia — até que se formou em Direito, virou professor da Escola Brasileira de Administração Pública da Fundação Getúlio Vargas e, por fim, executivo da Light do Rio de Janeiro. Escritor publicamente exposto, só no início dos anos 1960, quando as revistas *O Cruzeiro* e *Senhor* publicaram dois contos de sua autoria.

Em 1963, a primeira coletânea de contos, *Os prisioneiros*, foi imediatamente reconhecida pela crítica como a obra mais criativa da literatura brasileira em muitos anos; seguida, dois anos depois, de outra, *A coleira do cão*, a prova definitiva de que a ficção urbana encontrara seu mais audacioso e incisivo cronista. Com a terceira coletânea, *Lúcia McCartney*, tornou-se um best-seller e ganhou o maior prêmio para narrativas curtas do país.

Já era considerado o maior contista brasileiro quando, em 1973, publicou seu primeiro romance, *O caso Morel*, um dos mais vendidos daquele ano, depois traduzido para o francês e acolhido com entusiasmo pela crítica europeia. Sua carreira internacional estava apenas começando. Em 2003, ganhou o Prêmio Juan Rulfo e o Prêmio Camões, o mais importante da língua portuguesa. Com várias de suas histórias adaptadas ao cinema, ao teatro e à televisão, Rubem Fonseca já publicou 12 coletâneas de contos e 11 romances, sendo o último deles *O seminarista* (Agir, 2009).

Este livro foi composto em Minion Pro 10,5/16 e
impresso pela Ediouro Gráfica sobre papel pólen
soft $70g/m^2$ para a Agir em maio de 2010.